新 潮 文 庫

村田エフェンディ滞土録《たいとろく》

梨 木 香 歩 著

新 潮 社 版

11732

目次

村田エフェンディ滞土録《たいとろく》

一八九九年　スタンブール

一　鸚《おう》鵡《む》

ムハンマドが通りで鸚鵡を拾った。

市場へと下る途中の坂道で、下手から坂を上ってくるその鸚鵡と目が合い、思わず持っていた麻袋を被《かぶ》せてそのまま屋敷に持ち帰ったのだ。

私達の屋敷の食堂には、かなり大きな止まり木があった。昔誰かがこの類《たぐい》の鳥を飼っていたときの名残なのだろう。しかし肝心の鳥はいなかった。彼がそこで鸚鵡に出会ったのは、(曰《いわ》く) アルラッハの神の思《おぼ》し召しだというわけだ。鸚鵡だから人馴《な》れはしているだろうというのは見当違いである。最初は暴れて、知る限りの（多分）言葉で啼《な》き立てた。とはいえ、それは五種類に限られた。「悪いものを喰っただろう」「友よ」「いよいよ革命だ」「繁殖期に入ったのだな」「失敗だ」これらをあらん限りの音声《おんじょう》でがなりたてるので皆閉口した。人間嫌いの学者の家に飼われていたのだ、というのがムハンマドの説だったが、確かにそうだったかも知れない。そういう類の人間が、ただ一人の友であったろうこの鸚鵡に向かって言葉を掛けていた、というのは（その言葉の内容からして）ありそうなことに思えた。

しかし、もしそれが本当なら、早くもとの飼い主の所へ返した方がいい、と、私は日本人的生真面目《きまじめ》さで主張したが、ムハンマドが言うには、その学者は与えられた寿命を終え、その後普段は付き合いのなかった親戚縁者《しんせきえんじゃ》がここぞとばかりやってきて、家財道具を運び去り、引き取り手のない鸚鵡だけが通りに捨てられたというのだ。またいつものムハンマドの、泉のように湧《わ》いてくるつくり話だと、皆分かっていたが、それぞれ仕事もあったので放っておいたら、これが程なく馴れた。

ディクソン夫人は当初あまりいい顔をしなかった。暴れ回る鸚鵡の羽毛が、あっという間に食堂に散っていったからである。しかも、夫人の料理のにおいが食堂に満ちてくると必ず「失敗だ」と一声甲高く叫ぶ。尤《もっと》も大抵の料理はムハンマドがつくる。そのときはこの一声はない。

この屋敷は、以前、かなり裕福な英国商人の持ち物だった。ディクソン夫人は、その商人の年若い妻の母親だ。この辺りは基督《キリスト》教徒区でもないし、欧羅巴《ヨーロッパ》系の人間は大体、新市街の外国人居留区の方へ居を構えるのだが、持ち主は、ここからのマルモラ海の眺望が気に入ったのだそうだ。やがて世情が不安定になり、一家は英国に帰った。娘一家に付いてこの国にやってきたディクソン夫人は、それから思うところがあったようで、自分は残ると言いだした。いろいろ揉《も》めたようだが、結局彼女がこの家を維持しつつ下宿屋も営むという仕儀《しぎ》になった。

確かに良い立地ではある。私の通う、モスクに隣接している資料館兼研究所にも近い。道路に面した白い壁は愛想がないが、鋳物《いもの》製の格子《こうし》ドアを開け、それから木製のドアを開けると、厚い壁に挟まれひんやりした通路があり、中庭に通じている。そこから回廊を通って台所居間等へ行く。その手前、中庭に入ってすぐのところに階段があり、そこから二階へ上がる。二階も回廊がぐるりと回っており、それぞれの部屋へ入る。中庭には葡萄《ぶどう》棚や四阿《あずまや》があり、ディクソン夫人は大抵ここにいて、本を片手にうとうとしているか、ムハンマドを相手に用事を言いつけている。

ディクソン夫人が故国に帰りたがらなかった、というのは奇怪なことのようだったが、事情は何となく察せられた。夫人はこの国の婦女にいたく思い入れをしているのである。この国の婦女は宗教上の戒律からひどく自由を束縛せられているように見受けられる。十四歳を過ぎれば必ず軽羅《けいら》をもって顔を隠さなければならない。男子と親しく口をきくことは厳重に禁止せられている。家の内に逼塞《ひっそく》して、たとえ客人ありと雖《いえど》も、奥方でさえ姿は見せない。階上の窓、格子の向こうにその影が揺れるを見るぐらいである。

尤も最近では欧化も進み、薄物をなびかせながら婦女の一群が町を行く姿も見られるようになった。その美しさといったらまるで天上の光景のようである。それに婦人同士の交わりも密で、お互いの家の行き来もしょっちゅう行われているようだ。そのための出入り口も家々、別にもうけている。男子と直接顔を合わせる機会を出来るだけ避けんがためだろう。ディクソン夫人は、婦人たちの集まりを訪ねては、英語仏語の読み書きを教えているらしいのだ。そういう土耳古《トルコ》婦人の中には、男名前で新聞に詩歌の類を投書しているものもあると聞いた。

此《こ》の地と日本の、明らかに異なる点は、と問わるれば、やはり第一に挙げねばならんのは、その宗教の特異な行動様式であろう。今はもう馴れたがやはり最初のうちは、エザンという町中に響き渡る経典朗誦《ろうしょう》の声に度肝を抜かれた。今でもそれを聞くたび、我が身の此の地にあることの実感が、腹の底から沸々と湧いてくる気がするのだ。

私は名を村田という。土耳古皇帝からの招きで、この地の歴史文化研究に来た、というと聞こえは良いが、公募書類の中で、実は私の名前MURATAが土耳古でごく一般的な名前MURATに殆《ほとん》ど同じであるところから、発音しやすいという理由で選ばれたのらしい。

そもそも何故そういう研究員受け入れの申し出が土耳古国からなされたかというと、事は九年前起こった惨事に端を発する。

土耳古皇帝から日本国天皇への親書を託した使者を乗せたフリゲート艦、エルトゥール号が帰国途中、和歌山沖で台風に遭い、乗員六五六名中五八七名が溺死《できし》した。そのとき地元の警察隊を始め、漁民まで実に献身的な救助及び看護にあたり、土耳古帝国皇帝がいたく感激、両国の友好のますます深まらんことを願って、日本の学者を一名、土耳古文化研究のため彼《か》の地に招聘《しょうへい》することにしたのである。起こったことを思うと犠牲の御霊《みたま》に申し訳ないが、東と西が交差し、重なり合うが如《ごと》きこの国に来ることは、私の長年の夢であったので、正式な通知が来たときは天にも昇る心地がした。

実はこの件に関しては、陰で奔走してくれた日本人がいる。名を山田氏という。彼は今、外国人居留区の方に住まわっているが、時々訪ねてきてはまだこちらの習慣に疎《うと》い私に何かと助言を与えてくれている。彼によれば、土耳古は今、「飢えたハゲタカのような」欧羅巴列強の餌食《えじき》になっている状態であり、同じような局面を何とかしのいでいる日本に対して尊敬の念と親近感を持っているのだという。

政治向きのことはよく分からぬが、出会った何人かのパシャ*は皆好意的であった。まるで、生き別れになった兄弟でも抱くように接してくれる。尤も、これは単に国民の性情の違いかも知れない。計算高いところもあるが概して純情である。

この屋敷の中は、しかしまるきり土耳古式というわけではない。下宿人は私の他、独逸《ドイツ》人のオットー、希臘《ギリシア》人のディミィトリスの二名がいる。日本のように靴を脱ぎ、床に座る土耳古式と違い、英国風に椅子《いす》や卓子《テーブル》が入っているし、ディクソン夫人とオットーは基督教、ディミィトリスも希臘正教、私は仏教徒であり、回教徒はムハンマドのみだ。私は仏教徒といっても、経も知らない、仏陀《ぶっだ》の誕生日すらうろ覚えなのだから、ムハンマドから、仏教とはいかなる教えなのだと訊《き》かれたときは返事に窮した。しかしここで狼狽《うろた》えを気取られてはならぬと思い――異国ではこういう一瞬の振る舞いで値踏みをされることが間々あるのだ――必死で頭の中を掻《か》き回した結果、「慈悲」とだけ、答うるを得た。効果は上々であった。ムハンマドは私の目をじっと見て、

――異教徒にしては悪くない。

と応《こた》えた。しかし次の瞬間、偶然部屋を通りかかったディクソン夫人から、

──口を慎みなさい、ムハンマド。

と叱責《しっせき》が飛んだ。

ディクソン夫人は敬虔《けいけん》なクリスチャンである。日曜日になればムハンマドに馬車を用意させ、基督教会まで通っている。ムハンマドにとってこの家では自分以外の人間は全《すべ》て異教徒となる計算である。私を含む下宿人のことは「エフェンディ」と呼んでいる。エフェンディというのはおもに学問を修めた人物に対する一種の敬称だが、彼からそう呼ばれると、ちょうど日本で商売人が誰彼となく先生と呼ぶのと全く同じ印象を受ける。ディクソン夫人のことは、ディクソン夫人、と呼んでいる。これは夫人がハーヌム（女性の敬称）と呼ばれることを嫌い、そう呼ぶようにムハンマドに頼んだからだそうだ。

──郷《ごう》に入っては郷に従え、という言葉がありますが、ハーヌム、と呼ばれると自分が自分でなくなったような気がするのですよ。

ディクソン夫人は真顔で私に言った。

鸚鵡はしばらく紐《ひも》で繋《つな》がれていたが、すぐに外された。が、また繋がれた。最初外されたのは、彼に大した飛行能力はないとムハンマドに見切られた後のことであった。しかし、部屋で一番涼しい出窓の下の石のベンチに、ムハンマドがうっかりいつものようにケバブ（焼肉料理）に使う肉を寝かしていたら――ムハンマドはこの肉の寝かし具合にはたいそううるさい――目を離した隙《すき》に鸚鵡に食い散らかされていたのだ。鸚鵡が肉食するとは知らなかった。ムハンマドも知らなかった。きっと前の主人が脂身《あぶらみ》などを与えていたのだろう。ムハンマドは「このジン（精霊）憑《つ》きめが」と罵《ののし》りながら鸚鵡を追い散らし、鸚鵡は興奮して「いよいよ革命だ」などとわめき散らしていた。

爾来《じらい》鸚鵡は紐で繋がれている。寝かしてある肉の辺りを思い詰めた目つきで睨《にら》んでいる。肉食を知った鸚鵡というのは目つきが悪い気がする。

＊パシャ　トルコの高官に対する尊称。

二 驢《ろ》馬《ば》

隣の部屋の住人、オットーは学者だが、その顔の厳《いか》ついことは仁王像を西洋風に脚色したなら斯《か》くやと思われるほどである。何でもシュリーマン氏が例のトロイの遺跡を発掘した、その第四次発掘隊に彼も加わったのだそうだ。シュリーマン氏は旅行先のナポリで亡《な》くなられた。氏の仕事の功罪については、今は述べるまい。層位を全く無視して掘り進み、遺跡現場をめちゃくちゃにした、という批判も確かにある。しかし氏が土耳古政府と発掘許可の勅令を巡って盛んにやりとりされ、また厖大《ぼうだい》な数の発掘品を土耳古帝室博物館に寄贈なされたりした結果、朝廷政府のこの分野への理解が深まったのである。私の招聘などもその波及効果と見てよいだろう。感謝せねばなるまい。

数日前、何の話のついでだったか、食卓でシュリーマン氏の話題が出た。

――語学の達人であられた。

オットーが重々しく言うと、ディミィトリスも、

——希臘民族に誇りを取り戻してくれました。

と頷《うなず》く。それを聞くと、給仕をしていたムハンマドは鼻を鳴らしながら出て行った。ディミィトリスは相手にしないが、ムハンマドが希臘人のディミィトリスに屈折した思いを抱いているのは何となく察せられる。ディミィトリスは希臘考古学会会員で、シュリーマン氏のティリンス発掘のときの政府視察団の一人だったのだそうである。

——発掘現場ではいつも生き生きとしておられた。そんなにお若くもないのに自ら鍬《くわ》をもたれて。

ディミィトリスは端整な美男子である。希臘人というと土耳古人と見分けがつかない顔の造作をしたものが殆どだが、北の方へ行くとディミィトリスのようなタイプが多々見られるのだそうだ。天翔《あまかけ》る希臘神話の神々を見るようだと思うことがある。その点オットーはさながらゲルマンの荒ぶる土着の神のようだ。荒ぶる、といっても別に無理難題を言うわけではない。オットーの場合は、彼がそこにいるだけで空気の質が変わってくるような気配があるのだ。タキトゥスの『ゲルマーニア』に「ただ自分みずからにだけ似る種族」という謂《いい》があるが、彼はまさしくそのゲルマーニーそのものである。目に見えぬ砂塵《さじん》が彼の周りに舞っているかのようである。戦場で決して敵

として出会いたくない男である。

夜になるとマルモラ海から風が渡ってくるのでしのぎやすいが、さすがに日中の暑さはすさまじいものがある。一歩外へ出ると、外気がゆらゆらと揺らめいて、水分を含んだものは全て蒸発してしまいそうである。この国の人々が殊更《ことさら》に肌を隠そうとするのは、日射《ひざ》しからの防衛のためでもあるに違いない。この灼熱《しゃくねつ》のせいで希薄になったのか、町に漂う特有の臭気もさほど気にならないほどだ。この臭気――町に体臭があるとすれば、ありとあらゆるものが混ざり込んだようなこの臭気こそ、この町独自の体臭に他ならなかった。日本にいるときは、町に体臭があるなどと考えたこともなかった。そのことを山田氏に言うと、――それが母国というものさ。自分では自分の体臭は分からぬものだ。たとえあっても気にならないのだ、と返された。成程と思った。

実際、この国には饐《す》えた体臭のような香辛料も少なくない。乳など殊更腐らして料理に使い、また飲み物とするのである。此方《こちら》はようやく馴れてきたが、どうしてわざわざあいうものが売られているのか理解に苦しむ。最初食卓を囲んでいるとき、私の様子に気づいたのか、ディクソン夫人は、――文化ですから、とさりげなく呟《つぶや》き、その一言は、私にそれを口に入れる勇気と、途中で口に入れることをやめる勇気を与えたのだった。しかしムハンマドは感じるところがあったのだろう。幾皿かは必ず、私の好む米の料理を出してくれる。自分も宗教上の理由で手をつけられない食材があるせいか、こういうところは寛大な男である。

山田氏に言わせれば、馴れれば土耳古料理ほど美味なるものはないということである。当初はさして信じていなかったその言葉を、最近では成程と思い返すこと多々あるようになった。これが馴れというものか。

日中は極力出歩きたくないが、そうも言っていられない。資料館からの帰り、うだるような暑さの中、町内でよく出会うアフメット爺《じい》さんが驢馬を連れて歩いていた。アフメット爺さんは行商をする。頼んでおくと、市場で何でも手に入れてきてくれる。時に驢馬を玄関の所に繋いで家の中庭で涼んでゆく。ムハンマドと仲がいいのだ。驢馬はこの家の壁土が好きらしく、繋いでおくといつまでも長い舌を出して壁を舐《な》めている。私がそれをじっと見ていると、

――石灰分でさあ。ここの家のが一番良いらしい。

誰も文句を言わないのが不思議である。よく見ると舐めた部分だけ明らかに壁が薄くなっているのが分かる。私は内心気が気ではない。

ムハンマドが出てきて驢馬に積んである籠《かご》の中から品物を見繕う。行商人は大抵、アルバニヤ希臘人かアルメニア猶太《ユダヤ》人で、暮らし向きは良さそうに見えない。それぞれ商うものの内容によって風体も違っているのだが、アフメット爺さんはこれという専門はないようだ。ムハンマドは紅茶の葉、砂糖、香辛料、それに鸚鵡の餌《えさ》にする種などを見ている。その間に爺さんは中庭に入って葡萄棚の下で携帯用の水煙草《みずたばこ》をくわえている。他の大方の土耳古人のように、脚絆《きゃはん》に裾《すそ》のつぼんだ短めの袴《はかま》を着けている。頭の上には垢《あか》じみた土耳古帽。赤銅色《しゃくどういろ》の肌に刻まれた深い皺《しわ》。白い顎髭《あごひげ》。歳《とし》なのでこの暑さはこたえるに違いない。私も爺さんの横に腰掛ける。

——出てこんかね。

爺さんが片足でトントンと敷石を叩《たた》く。

——何がですか。

私は敷石を見、それから爺さんを見た。

——ビザンティンの衛兵さ。この敷石はもともと城壁の煉瓦《れんが》石のはずだ。以前、オットーが、遺跡発掘の際一番気を付けないといけないのは、専門的な年代の確定よりもむしろ、地域住民に石棺や城壁など掘っている端からどんどん持ち去られたり、人夫が金目のものをくすねることだと言っていたのを聞いたことがある。だからシュリーマン氏は、値打ちのありそうなものが出てきそうになったらとりあえず人夫たちに休息をとらせ、食事を与え、その間自ら鍬でそっと掘り起こすのだと。多分ここでも同じようなことが起こったのだろう。わざわざ掘り出さなくとも転がっている城壁の煉瓦石などは、恰好《かっこう》の建築資材ではないか。

——さあ。私は見てませんが。

——いつもこの壁の前に立っておったらしくてな。これがこう、垂直に……。

アフメット老人は敷石を立てる真似《まね》をした。

——だから、衛兵は、地面から拳《こぶし》一つ分ほど浮いて寝ているように出てくるのさ。

——それで、何か言うんですか。

——何も。

——でも、何か恨みがあって出てくるんでしょう。

アフメット老人は不思議そうに私を見た。水煙草がコポコポいっている。

——異教徒のことはよく分からんがね。やつは壁石のそばにいるのが習い性になってるんだよ。それでときどき、なんかの加減で染《し》みのように浮いてくるのさ。それだけさ。

そのとき文字通り頭から湯気を立てたような案配で（怒りのためではない）、オットーが鍬を担《かつ》いで帰ってきた。オットーもまた人夫にだけ任せることを良しとせず、自らも鋤鍬《すきくわ》をふるうのである。そういえば今日は、市中の廃墟《はいきょ》と化した希臘正教の古寺院を掘るのだと言っていた。

——爺さん、驢馬が壁を舐めてるぜ。

——好物なんじゃ。

——過ぎると腹をこわす。

私は後でオットーにその衛兵の話をしようと思った。

日が傾き、風が涼しくなってきた。アフメット爺さんとその驢馬も去った。敷石に落ちた葱《ねぎ》の色が深々として美しい。

三　ヨークシャ・プディング

この屋敷が学術関係者の宿舎のようになってしまっているのには、前の持ち主が朝廷政府の高官と親しかったことに関係しているらしい。英語を話す家政婦がいるというのも好都合だと見なされているようだ。土耳古政府は、この国の歴史的地理的重要性を私に知らしめんがため、意図的にこの下宿をあてがったのだろう。

下宿の夕食が終わっても、彼らは席を立たずにまるで私に教え諭すかのように延々としゃべっていることがよくある。まさかそこまで政府から依頼があったとは考えにくい。元々人に教えるのが好きなのだろう。

ディミィトリスは目下、希臘・羅馬《ローマ》関係の遺物の調査鑑定に当たっている。しょっちゅう発掘現場に行くので、数週間留守にすることも間々ある。オットーと同じようにこの仕事を天職と考えているようだ。

――ついこの間まで。

と、器用に葡萄をナイフで剝《む》きながら、ディミィトリスは言う。

――バビロンやアッシリアなど、ただの聖書上の名前に過ぎなかったのです。アトランティスと似たり寄ったりの、言い伝えや伝承のようなもので、それが本当に歴史上の事実であるとは誰も断言出来なかった。見たものがいないんですから。本当はみんな半信半疑だった。だって、あんな何にもない不毛の砂丘に、文明のぶの字もない、遊牧民がときたま彷徨《さまよ》うだけの、あんなところにその昔、高度な文明を持った都市があって、そこが豊かな緑に恵まれていたなんて、村田も行ってみれば分かると思いますが、誰にも信じられないことだったんですから。土耳古人や亜剌比亜《アラビア》人は、自分たちが、どんなに偉大な人々の眠る土地で生活していたかなんて、全然知らなかった、西欧から発掘調査隊が来るまでは。

――アトランティスと同じ、というのは言い過ぎです。皆が半信半疑だったというのも。信仰の中ではまごうことなき事実だったのですから。

ディクソン夫人は、こちらを向き、「異教徒」の私に誤解なきよう、訂正した。

――でも、確かにあれはレイアードさんの功績ね。

ディクソン夫人は、アッシリア文明発掘のオースティン・ヘンリー・レイアードと知り合いだった。この家の前の持ち主が、当時の英国大使、スタットフォード・カニング卿《きょう》と懇意の間柄だったのだ。レイアード氏は、土耳古政府から発掘許可の勅許を取り付けるのに、何度も大使の手を借りなければならなかった。

――レイアードさんが、発掘現場から用事でここまで来たときは、いつも「懐《なつ》かしのヨークシャ・プディング」をつくってさしあげて、それはそれは喜ばれたものです。

「懐かしのヨークシャ・プディング」は、しかし、この屋敷ではあまり評判《かんば》は芳しくなかった。しかるべき料理の完成形があって、それに向かって手順を踏んでつくっていたが、何かの加減でクズが派生した、そのクズの部分のようなもの、というのがムハンマドの見解であった――金曜日は回教徒の安息日で、その日はディクソン夫人が台所に立つのである――。だから自分が食べさせられているのがそのクズではなく、まさにその料理そのものだと知ったときの彼の複雑な表情は見物だった。安堵《あんど》――のようにも見えた。自分がやはり正餐《せいさん》を食べているのだという。しかし、次の瞬間非常な落胆――情けなさのようなものも顔に現れた。まことに土耳古人というのは表情が豊かだと、私は呆気《あっけ》にとられて彼の顔を眺めたものだった。日本人は概して表情を顔に出さないのを人物とする風がある。文化というものは表出する場において斯《か》くも様々なあらわれをするものか。

――レイアードさんは、ロマンティックな方だった。いつまでも夢見る少年のような。アラビアンナイトがお好きだったのよ。

――シュリーマン氏におけるホメロスだ。

オットーが頷く。

――彼らに共通しているのは狂気と紙一重の情熱だ。困難をものともしない。

ムハンマドが黙って音高く皿を片付け始めた。ムハンマドは早く夜の仕事を済まして珈琲《コーヒー》店に落ち着き、水煙草を吹かしたい。彼は自分の日常にそれ以上のことは求めない。それが分かっている皆は席を立ったり、慌《あわ》てて珈琲を飲んだりした。中庭の泉のところで、涼みに出てきた私を追いかけてきて、ムハンマドが囁《ささや》いた。

――墓盗人《ぬすっと》とどう違うんだ。

シュリーマン氏等《ら》のことを言っているのだとすぐ分かった。

――その発掘現場の村の奴《やつ》らだって、自分たちの住んでいるところの地面から、煉瓦の欠片《かけら》や石板やなんかが出てくるのは知っていたさ。ただそれを暴《あば》こうなんて不敬なことは考えなかった。異教徒の奴らのしたことといったら、折角鎮《しず》まっている死者たちを呼び覚まして、しかもそのお宝をごっそり盗んで自分の国に持ち帰っただけじゃないのか。

成程、と私は頷いた。視点が変わると、また変わった知見が得られるものである。

——エフェンディ、あんたは真実を勉強するんだ。ムハンマドは出来の悪い生徒に言い聞かせるように凄味《すごみ》を利《き》かせて言った。ムハンマドまで私への教育熱に取り憑かれているのだった。

居間に戻ると、皆まだカップを片手にしゃべっていた。どうも今日はオットーが変わった器のようなものを掘り出したらしい。同じ種類と思われる器群の型式連続の中での位置を決めるため、それのかつての使われ方について、二人で盛んに議論を戦わせていた。オットーはそれを初期ビザンティンの、葡萄酒を杯に注ぐための銚子《ちょうし》ではないかと言う。ディミィトリスは、それは本来ハンドルが二つ付いていた、子どものおもちゃのための水瓶《みずがめ》ではないかと言う。

——しかし子どものためのものならもっとそれにふさわしい絵柄をつけているだろう。

——ですから、年代的には多分もっと古いものだと思うのです。そうですね、今、実物がないのでなんとも言えませんが、もういちど対称位置のハンドル部分の付け根となるところを確認しておいて下さい。

ディクソン夫人があきれたように、

——貴方《あなた》がた、そんな大昔のことばかりに夢中になって、何がそんなに楽しいのか私には本当のところよく分かりませんね。

――私もでさあ。

と、ムハンマドが真面目な声で言い、これで今日の仕事はおしまいと言わんばかりに戸棚に食器をしまい、珈琲店に行こうとして戸口の方へ向かった。外の暗闇《くらやみ》を見つめていたディミィトリスは、

――人は過去なくして存在することは出来ない。

と、誰に言うともなく、呟いた。

何と含蓄のある言葉だろう、と私は感動すら覚えた。部屋に一瞬沈黙が訪れ、それぞれが深い物思いに入ったようであった。

そのとき、実にしんみりとした、物分かりのよさそうな、しかし基本的にはがさつ、という声音で鸚鵡が呟いた。

――悪いものを喰《く》っただろう、ああ？

ムハンマドは戸口から引き返してきて鸚鵡に種をやった。

四　神々の墓場

夜中に眠っていたら、何だか世界が変に眩《まばゆ》いような気がして目を覚ました。壁の漆喰が妙な光り方をしている。強いて言えば大きな蠟燭《ろうそく》の焔《ほのお》が風に揺らいでいるような。一瞬火事かと思い、すわとばかり上半身を起こしたが、火の爆《は》ぜる音も熱も感じない。これは様子が違うようだと、しばらくじっとその、揺らぐ灯りを見ていたら、揺らぐと見えたのは、それが次々に形態を変えていっているが故《ゆえ》と分かった。人の形のようなものに変わったかと思えば、羊の形に、または馬の、土器の、幻燈《げんとう》のようにいろいろな形に変わっていくのだった。

この壁はどういうわけか凹凸が著しい。外からの灯りで反射してそうなるのかと目を凝らしたが、どうもそういうわけでもないらしい。いや、暫《しば》し待て、夜半というものは物事が尋常でなく見えやすいものだから、と自分に言い聞かせる。ぼうっと見ているうちに、いつの間にか眠っていたとみえて、気が付くと朝だった。

朝食の席で、思い出し、そのことをディクソン夫人に言うと、

——ああ、そうですか。そういうこともあるでしょう、この屋敷は……。

と言ったきり、口をつぐんだ。

——この屋敷は？

私は珍しく先を急《せ》かせるように繰り返した。ひどく気になったのだ。誰だって会話の途中がそういう風に切られたら気になるものではないか。

——この屋敷は、土耳古政府から払い下げられた遺物の寄せ集めのような建物なのです。

ディクソン夫人は濃く淹《い》れた紅茶を飲みながら早口で言った。珈琲をすすっていたオットーが、咳払《せきばら》いを一つして、その後を引き受けた。

——試みに掘って出てきたものが、年代や文明の特定出来るものであればいいのだが、わけの分からないものもたくさん出てくる。歴史上に名を残すこともなく他の部族に滅ぼされてしまった小さな部族の生活の跡が、何世代にも亘《わた》ってごろごろと埋まっているんだ。で、そういう生活のものとは明らかに別種の、祭壇のようにしっかりした石板などが出てくることもある。一つの部族が存在したということは、その部族の神も存在したということだから。今はもう、誰もその名を知らず、崇拝することも

ない、そういう神々の祭壇——今となっては、墓——は、まとめて集められたが、政府の用意した収蔵場所にはとても入りきれない。かといって捨て置くにはしっかりとした立派な墓石だ。そこで政府出入りの業者に建築資材として払い下げられたというわけだ。

——墓……石！

ではこの家は神の墓石で出来た家だというのか。それで漆喰の下の石壁が不揃《ふぞろ》いで、私の部屋の壁など奇妙に出ているところや欠けたところがあるのか。あまりのことに私はカップを取り落としそうになった。オットーは私の動揺をなだめるように、——墓と言ったのは言い過ぎだ。たまたまもう誰も拝まなくなったというだけだ。教会の中に住んでいると思えばいい。いわば合同教会の最古の形だ。基督教の神も猶太教の神も回教の神も、もとは皆、古代イスラエルという小さな部族の部族神から出発したものなのだから。そこまで達することが出来ずに途中で無念の死を遂げた神々の……。

——……出発！

ディクソン夫人もムハンマドも不愉快そうに呟いた。それからディクソン夫人はのろのろと気の進まぬ風で、しかし、これだけは言っておかなければならぬというよう

に、

――神はそもそもの最初から存在していたのです。

オットーはいつもの微動だにせぬ頑固さを見せて、

――いや、神も生まれ、進化し、また変容してゆくのです。その共同体の必要に応じて。そしてその社会が滅びたとき、その神も共に滅びるのです。神というのは祈る人間があってこその存在、つまり関係性の産物ですから。

ディクソン夫人はため息をつき、ムハンマドはこの世の終わりを覚悟したかのようにうずくまり、両手で頭をおさえた。

――この話はやめましょう、不毛だわ。ムハンマド、もう大丈夫よ。あなたの気持ちはよく分かるわ。大丈夫、あなたの信仰には無縁の話よ。立ちなさい。ええと、何でしたっけ、村田の部屋の壁の異変のことを話していたのよ。毎晩そうだと、具合が悪いわねえ。

――部屋を替わろうか。俺は気にならない。

強面《こわもて》だが気のいいオットーは善意でそう言ってくれたが、部屋が怖いといって、替わって貰《もら》ったとあっては日本男児の名折れではないか。

――いや、大丈夫だ。由来が分かればそれでいいのだ。

私は強いて何でもないことのように言って、

——ムハンマド、ゆうべは大丈夫だったか。

と、話を逸《そ》らした。ムハンマドは先日、表通りを歩いていて頭から塵芥《ちりあくた》を被ってしまったのだ。


この町の悪臭の原因の一つは、人々が夜になるとゴミを二階から道路の真ん中に放り出すことにある。そのゴミは、この町に人の数より多いと言われる野良犬《のらいぬ》が朝までに始末してくれる手筈《てはず》になっている。数では負けてはいない乞食《こじき》もいる。しかし悪臭を放つ液体は、その胃袋にも収まりきれなかったものだけを掃除夫が持って行く。しかし悪臭を放つ液体は、そのまま敷石の間に残り、側溝のない道路にいつまでも漂うのだ。都市整備がなっていないのである。それは我々皆の共通する意見なのだが、官吏に言ってもそこまでは予算が付かないと言って、いっかな改善の意志がない。日本であれば、不都合があればその改善に向けて誰かが何らかの動きをすると思われるのだが、ここでは誰も、その任が自分にあるとは思わないらしいのである。国民性の違い、というものであろう。


私が声を掛けると、ムハンマドは途端にしゃんと背筋を伸ばし、

——ゆうべは大丈夫だった。この間は、こっちを乞食と間違えた振りをして、狙《ねら》ってきたのだ。表通りの連中の性悪さときたら。

ムハンマドと「表通りの連中」との戦いは、その日その日の恰好の話題だった。戦局が日々変化しているからである。何事もなくムハンマドが通り抜けられたら彼の勝ち、悪態をつかれる、つきかえす、であれば引き分け、先日の夜のように不意打ちでやられたら負けである。念のため記すが、ムハンマドは表通りの全てと敵対しているわけではない。よく話を聞けば、たった一人、表通りにある錠前屋の主人と、どういうわけだか仲が悪いのだ。わけを訊いても話してくれない。

——ならば表通りなどわざわざ歩かなければよいのに。

ディクソン夫人は面白そうに忠告した。

——それだと、表通りの奴らに屈したことになってしまう。

誇り高き我らがムハンマドは昂然《こうぜん》と頭を上げ、果物を取りに行った。その後ろ姿に、

——友よ！

と鸚鵡が叫んだ。彼の持ってくるイチジクを狙っているのだ。この鸚鵡は間合いを計るに天才的なところがある。

今日もいい天気だ。中庭に開け放った窓から、カーテンを揺らして風が入ってくる。

午後からは、欧州に留学途中の日本人の学者が来て、山田氏の代わりにあちらこちら案内することになっていた。午前中のうちに博物館に行き、資料を整理しておかな

ければならない。ディクソン夫人に声を掛け、中折れ帽を被り、外へ出た。

大通りは物乞いなどで混雑しているので、いつものように曲がりくねった細い路地を通る。排水の便が悪いので、雨期になると靴がやられる。余程日本から下駄《げた》を取り寄せようかと思うぐらいだ。夏場はまず絶対と言っていいほど雨が降らないので、心配はない。

角を曲がるところで、ふと、ディミィトリスの姿が物陰から出てきたような気がした。人目を憚《はばか》る様子で、あっという間に路地の奥へとかき消えた。ディミィトリスは昨日からサロニカへ行っているはずだ。まさか、と思う。この辺りは土耳古人の民家の密集しているところだ。彼の知り合いの家があろうとは思えなかった。似たような希臘人だろう。私は気を取り直して博物館へと歩を進めた。

博物館といっても、土耳古ではまだその歴史は浅く、五十年ほど前にある物好きの軍人が、宮殿外庭にあったアヤ・エレネ教会内にて、細々と古美術の収集陳列を始めたのを嚆矢《こうし》とする。元々、土耳古人は回教徒の故もあって、絵画彫刻等、人物はおろか動物の似姿のようなものは一切排斥する傾向にあった。それを英仏の発掘団に感化されるところもあったのだろう、後には現在の皇帝の肝いりで、その教会近くの古い建物、陶器館へと漸次《ぜんじ》出土品が運び込まれたのだが、到底収容しきれるものではない。

追い打ちをかけるように、一昨年から昨年にかけて、ハムディベー氏がサイーダ(Saida)地方において二十一個の大石棺を発見するに至り、ついに、欧風石造の一大館を新築することに踏み切ったのだ。目下建築中である。私の机のある資料館も、そこに併合されて引っ越すことになっていた。そもそも物件陳列の順序等もいい加減、説明も不十分だったものが、自前の発掘調査隊だけが勇み足で、次から次へと出土品を送ってよこすものだから、現場は大混乱、何が「歴史文化の研究者を招聘」だ、と時々毒づきたくなるが、これも国民性国民性、と呪文《じゅもん》のように唱えて、素人《しろうと》の私が参考書と首っ引きで、整理の助《すけ》っ人《と》を演じている次第である。

とはいうものの、始終頭を悩ませている型式連続など全く超越した、史上稀《まれ》なる珍品に出くわし、つくづくとそれを撫《な》で回し、掌《て》の中、眼前にて鑑賞するの特権を思うさま行使しているときなど、実はこの上の有り難い「研究」などないのではないかとしみじみ思う。余程分からぬものがあって、ハムディベー氏もお手上げの時にはオットーやディミィトリスの知恵を借りることもある。日本がそうしているように、外国人の学者を正式に雇えばいいのに、と思わぬでもないが、皇帝自身が、それを嫌っておられるとのことである。

この日も、そのようにして汗だくになって整理に当たったのだった。しかし、本職の土耳古人係官たちはまことに気楽なもので、新館の開館にはとても間に合わぬというのに一向に焦《あせ》る様子がない。一つ二つ調べたと思ったら、すぐに木陰に行き珈琲を飲んでいる。通りでよく目にする土耳古人たちも、珈琲一杯をすすりつつ、店の前に陣取り、何をするでもなくまる一日を過ごす。これほど「無為」ということに耐えられる心性は、その常軌を逸した太平楽は、私の理解の範疇《はんちゅう》を遥《はる》かに越えていた。それで私はこういうことには――国民性に関することには、善悪の判断を下さず、ただ驚きあきれるに留めおくことにしている。

それで、その午後も大いに驚きあきれながら、一方では彼の日本人の来るのを待っていたが、とうとう来なかった。

私も土耳古式に呑気《のんき》になったのか、格別それを不審に思うこともなくまた夕刻帰宅した。帰宅途中に、夕刻のエザンが哀調を帯びて町を流れていった。屋敷の中庭に入ると、大慌てで祈りに走るムハンマドとぶつかりそうになった。その後を見送って、中庭の椅子に腰掛けて涼んでいると、夕闇の中に何かが漂っているように見える。とりとめのない色彩を、最初は目の錯覚かと疑ったが、だんだんにまとまってきて、ああ、これはビザンティンの衛兵、と思いついたら、また、徐《おもむろ》に散っていってしまった。成程、ああいうものか、と感心した。

かつては正教が支配したこの町に、エザンが流れることを無念に思っているのだろうか。いやいや、きっと、アフメット老人の言ったように、ただ、そこに存在することが「習い性」になっているのだろう。

オットーはこの屋敷を「最古の合同教会」と呼んだが、考えてみれば、この世界も全体、だだっ広い合同教会と承知しておくのがよろしかろう。要するに雑居なのだ。それを思えば滞りなく物事が運ぶ、ということが期待出来ぬのも当たり前だ。

明日はその日本人に会えるかしら。

五　アジの塩焼き

朝夕がだいぶ過ごしやすくなった。通りを歩いていても、木陰に入るとひんやりとした風を感じる。ときにはさながら蟻《あり》の如《ごと》く市中を覆《おお》いたる痩《や》せ犬どもも、夏の間は情けない姿で僅《わず》かな日陰を求め徘徊《はいかい》していたが、ここに至って俄然《がぜん》元気を取り戻してきた。

この都は実に犬が多い。回教では犬は不浄のものとされる。他国では、犬を飼うといえばときには家族のように愛玩《あいがん》し信頼もし、またその忠義を尊ぶのが常であるのに、この国では顧みるものもない。かといって、虐待《ぎゃくたい》するかといえばそうでもなく、これはその宗教が無闇な殺生《せっしょう》を禁じているせいである。

斯《か》くしてもの寂しげな目つきをした犬ばかりが増えてゆく。この犬の目つきは、近辺の田舎からこの町へ流れ来る人々の目つきと、奇妙に似通っている。もしかすると、どの国でも、その国に棲《す》まう人も犬も、同じ目つきをしているのかも知れない。それがその風土が生み育てたものなのであろう。人も犬もみな同じ目つきをして、対等に心細く巷《ちまた》を渡ってゆく。

数日前来るはずだった日本人は——名を木下氏という——新市街のペラホテルに入ったまま、一歩も外へ出ずに寝込んでいるらしい。山田氏によると、なんでも波斯《ペルシア》から土耳古《トルコ》へ入り、途中山賊匪賊《ひぞく》に遭い、艱難《かんなん》辛苦の末、君府*まで辿《たど》り着いたそうである。山田氏はこちらに立ち寄る邦人連絡係のような役回りになっていて、ここを訪れた日本人は皆私のように、とりあえず氏を頼り、案内を乞《こ》うのが常だった。木下氏についても、氏が日本を発《た》つ前から、連絡が来ていたのだそうである。

——尻《しり》の肉が馬の鞍《くら》で君、ひどい爛《ただ》れようなんだ。血が下穿《したば》きに張り付いて、どうにもこうにも剝《は》がれない。無理に剝ごうとすると肉まで付いてきそうな有様なのだ。とりあえず医者に診せて、寝かせているがね。

この話は私をして常ならぬ同胞愛に駆り立てた。私とてこの地に着いてしばらくは心細い思いをしたものである。それで、今朝は夜明け前のエザンが流れる中、ガラタ橋の上、金角湾にて、アジを数匹釣り上げてきた。これで塩焼きを馳走《ちそう》しようとの心づもりである。しかし、塩焼きにするにはあまりにも小さかったので、ついでに魚屋でそれに適した大きさのものも買った。小アジも無駄にせず私のささやかな心意気の証として、それに具する所存だ。そのままホテルに行ったところで厨房を使わせて貰えるかどうか心許《こころもと》なかったので、そこからさほど遠くない山田氏の住まいで、アジを焼き、米を炊《た》きして、氏と共にホテルの一室に彼を訪ねた。

新市街はガラタ橋のたもとから急な上り坂になっている。ホテルはその途中にある。最新式の高名なホテルである。外国からの客はほとんど此処《ここ》を利用している。木下氏が寝込んでいるというのはホテル側でも了解済みだったと見え、我々はすぐに彼の部屋に通された。

戸を叩き、名を呼ぶと、部屋の奥から弱々しい声が聞こえたので中に入ると、明らかな東洋人が我々の到来を迎えんがため半身を起こそうともがいている最中であった。我々は急いで寝台に駆け寄り、西洋式にいくつも置いてある大きな枕《まくら》を背当て代わりに案配して、彼の尻を慮《おもんぱか》りながら、楽に座せるを助けた。

——いや、どうも、忝《かたじけな》い。

恐縮の仕方がいかにも日本人だと感じ入った。木下氏は大きくため息をつくと、

——どうにもこうにも情けない有様で。

——大変だったらしいですね。

私は同情を込めて声を掛けた。彼は衰弱した外観にもかかわらず、日本語が止まら

ない様子で、

——波斯では、その後と同じく騎馬の旅とはいえ、駅ごとに何人か連れもあり、馬夫や従僕も雇えたのですが、土耳古に入ってからは一人。一応馬丁《ばてい》付きで馬は借りられましたが、この馬丁がとんでもない男で、怪しげなところに連れて行かれるわ、次から次へ金品を要求されるわで……。荒野の真ん中で匪賊の一味と落ち合ったときは万事休す、これでこの身は異国に朽ち果て、魂魄《こんぱく》荒涼たるアナトリア原野の鬼と彷徨うかと覚悟を決めました。が、誠に運良く武装した箱馬車の一隊がやってきたので、必死で助けを求めたわけです。

——なるほど、銃剣の備えがないとなかなか彼方《かなた》へは行けないのだなあ。

山田氏は呑気に感心している。

——しかしこの箱馬車も、世慣れた商売人の仕切る隊商でして、一泊するごとに、法外な値段を要求してくる。それぞれの宿場に、彼らの泊まる隊商宿——キャラバン・サライというものがあるのですが、これが宿などというようなものではなく、泥や石を積み重ねただけの伽藍《がらん》のような、また牢獄《ろうごく》のような建造物で高窓からは鳩《はと》が出入りしている。夏とはいえ高原のこと、夜ともなると寒々とした隙間《すきま》風《かぜ》で眠れたもんじゃない、しかも、身を横たえるのは、家畜の糞尿《ふんにょう》の染みついた土間です。その臭《にお》いたるや、まあ……。

　木下氏は此処で暫《しばら》く絶句した。

　——まあまあ、語るにも体力がいるものだ。少し食事をとられたらいかがだろう。こちらに来てから、殆《ほとん》ど何も召し上がっていないと、この村田君に話したところ、彼が早速金角湾でアジを釣ってきてくれたので、それを塩焼きにしてきた。それと、きちんと研いで炊いた飯も持ってきた。さっきボウイに言っておいたので、じきにお湯を持ってきてくれるだろう。それで簡便味噌汁《みそしる》をつくってしんぜよう。

　これを聞いて、木下氏の頰にさっと赤味が差した。

　——此処のホテルも気を遣って、粥《かゆ》らしきものを持ってきてくれましたが、これが玉蜀黍《とうもろこし》の粉を溶いた糊《のり》状のもの。米を、というと古米を、研がずに煮たと見え、何やら臭う。なかなか食指が動かんかったです。

　早速持参の巨大な丸盆（これはこの国でしばしば卓子《テーブル》の役割をする）を寝台の上に置き、アジの塩焼きと、白米を入れた器を風呂敷《ふろしき》包みから出してのせた。むろん、箸《はし》も忘れてはいない。そこへドアを叩くものあり、返事をすると折良くボウイがお湯を持ってきていた。山田氏は汁物用の器に持参の味噌玉を入れ、それを湯で溶き始めた。

　この味噌玉というのは、彼の家に先祖代々伝わる兵糧《ひょうろう》食だそうで、削った鰹節《かつおぶし》を炒《い》って粉末にし、葱と共に味噌に突き込んで球状に丸め、焼いたものである。御維新前の騒ぎのときにはおおいに役だったのだそうだ。

これがなかなかの滋味で、一口呑《の》んだ木下氏は、

――夢のようだ。

と涙ぐんだ。

生まれてこの方、自分を育《はぐく》み、馴染《なじ》んだ味というのは、人体に、また精神の望ましい運営に、馬鹿《ばか》にならない働きをするものである。粗方《あらかた》食べ終える頃には、我々はすっかり、君、僕で話す間柄になってしまった。

――僕のときはスミルナで船を下り、そこから馬と鉄道を乗り継いで此処に着いたのだが、陸路で土耳古を横断など、無謀な旅程を、どうやって思いついたのかね。

山田氏が訊《き》くと、

――僕は専門は法学だが、昔から西亜細亜《アジア》にも興味があって、せっかく欧羅巴《ヨーロッパ》を目指すのなら、せめて波斯からでも上陸したいと思い、台北から波斯湾のブシール港に上陸したのだ。そこから土耳古に至るまでは、見るもの全《すべ》て珍しい駅伝騎馬の旅、いろいろとあったが、それほど差し迫った生命の危機というものは感じずにすんだ。土耳古に入るまでは。……しかし、人間というものがこれほど強欲なものだとは。その

辺の小僧でも、道を教えてやるというので付いて行くと、それが結構大変な道で、よくもまあ、付き合ってくれるものだと感心し、また感謝もして、何か礼でもしたいと考えていると、最後には金を要求されたりする、実に興ざめです。最初に案内していくらという取り決めでもあるならともかく。成程契約というのは耶蘇《ヤソ》教の概念で、回教のそれではないのだな、と思ったものだ。

これを聞くと、すでにだいぶこちらの人間に思い入れが出来た山田氏は、何か言わなければと思ったらしく、

——親切が過ぎて、道理も分からずにやってしまった後で、自分の損得の所だけが妙に迫ってくる、ということもあるだろうよ。最初から騙《だま》そうなんて知恵まではなかったと思うなあ。確かに此処の国では袖《そで》の下が一番ものを言う、ということはあるがね。しかし元々は、事の判断は全てアルラッハの神にゆだねて、後は野となれ山となれ、の方々だからね。そこがどこまでも理を追究する希臘《ギリシア》人と正反対のところだ、彼らが互いに相容《あいい》れないのも無理はない。なのに面白いことに、欧羅巴的には希臘人、土耳古人、と殆ど同種のように扱われるのだ。

木下氏も頷《うなず》き、

——希臘人のことまではまだ知らないが、土耳古人があまり計画性を持たない奴ら

だというのは察せられた。最初から騙そうと思っていたかどうか、ということは別にしても、あの、アナトリアの荒涼とした殺伐さを体験すると、匪賊になる以外、他に生計を得る手だてはないと思うのも分かるような気がしたよ。確かに親切も経験した。しかし、あの食事だけは我慢がならない。油にあたってしまってずっと腹をこわしているのだ。一度油にあたると、町の臭いすら我慢がならなくなる。

確かにこちらの料理は油が多い。油がだめならもう後は果物しかないと言っていいほどだ。

——水が合わない、という言葉は聞いたことがあるが、君の場合は油が合わないのだね。

山田氏の言葉に私も頷いた。

——成程、油というものは、水よりももっと、人間のどろどろに近いもののように聞こえるね。

木下氏はそれを聞いて暫く黙っていたが、やがてため息のように、

——それは、水が合わない、と言われるよりももっとこたえるなあ。僕は心底この国と親しむを夢見てやってきたのだが。努力してどうにかなるものだろうか。

思わず同情しかけたが、ここはあまり、無責任な見通しは言わん方がよかろうと、

私は話を転じた。

——しかし、何か心が動かされるようなこともあったはずだよ、異国を旅するうちには。

木下氏は視線を空中高くに止め、暫く黙った後、

——教会のように天井の高い隊商宿《キャラバン・サライ》で、眠れぬ一夜を過ごした明け方、遥か高窓から暗闇にさっと日が射《さ》してきた、そこにきらきらと塵が光って見えた。それが長い長い光の道で、最後まで届くのだ、その汚泥《おでい》に満ちた床の一点にまで、真《ま》っ直《す》ぐと。それを見たとき、神々《こうごう》しくて体がふるえた。それから、山羊《やぎ》の鳴き交わす声が遠くに聞こえるだけの、ただただ荒れ果てた原野のただ中に、雪を頂いたハッサン山の荘厳《そうごん》たる稜線《りょうせん》を見たとき。あのときも思わず頭《こうべ》を垂れる心境になった。そうそう、こういうこともあった、あまりの尻の痛みに耐えかねて馬を下り、道端で呻《うめ》いていたら、通りがかりの驢馬《ろば》を連れた爺《じい》さんが、家に連れて行ってくれ、膏薬《こうやく》を塗ってくれた。水もくれ、食べものも出してくれた。それから、送り出すとき、なにやら分からぬ言葉で、私の道中の無事を祈っていたらしかった……。

そう言って、また暫く黙った。

私は決して剛胆な方ではなく、彼の体験には心底恐れ入っているのだが、これを聞

くと何だか無性にアナトリアに行きたくなった。

木下氏は、次はヴェネチヤ行きの船に乗船する予定であったが、とりあえず体の恢《かい》復《ふく》なされるまでこの地に留まることとなった。

＊君府　コンスタンティノープルのこと。

六　羅馬硝子《ローマガラス》

独逸《ドイツ》の発掘隊がエーゲ海近くの村で新しい遺跡を見つけ、許可も得て発掘中、というのは知っていたが、いよいよそれも終わりそうだというので、埋め戻す前にオットーが私を連れて行ってくれることになった。半日以上を鉄道で行き、途中一泊してから、乗合馬車に乗り、最後は徒歩で、という行程である。

一泊した旅館も、旅館とは名ばかりの農家、声を掛けても亭主がいないので勝手知ったるオットーが、鍵《かぎ》のついていない家の中にさっさと入って行き、荷物を置き、二人で戸口のところで座って、農作業から帰ってくる一家を、次第に日の傾いて行くなか、のんびりと待っていたのだが、私はあれは本当に旅館であったのか、今でも訝《いぶか》っている。オットーはよく知っているようなことを言っていたけれども、似たような小径《こみち》と似たような人里離れた小屋がいくつもあるあの辺りを、万事いい加減なオットーがきちんと把握していようとも思われず、もてなし好きの土地の一家の好意に甘えてしまったのではないかと日本人としては少々心が痛い。それで出る前に子ども達とだいぶ遊んでやり、亭主への心付けも私としては弾んだ。そのせいか、亭主は張り切って乗合馬車の所まで走って行ってわざわざ家の戸口に付けさせてくれたりもした。何にせよ、こちらの人の無邪気な善意は時に大仰で私には晴れがまし過ぎ、恐縮した。

乗合馬車とはいえ、私とオットーの二人しかおらず、窓の外の景色が堪能《たんのう》出来た。オリーブの林が、ゆるやかにどこまでも続いている。その林の彼方此方《かなたこなた》で男女が集まっている。オリーブは熟し、いよいよ収穫時なのだ。この丘の遥か向こうはエーゲ海だ。希臘世界だ。薄青の透き通った空の彼方から、神々のサンダルの響きが聞こえてくるようではないか。私はだんだん陽気になっていった。次第に高度も上がり、渓谷の最初、白い小屋のあるところで馬車を降りた。そこで騾馬《らば》を一頭調達し、荷物を担《かつ》がせ、渓谷に沿ってオットーと共に山を登って行く。発掘中の遺跡はこの山を越した麓《ふもと》の平地だという。のんびりしたものだ。

――この辺に羅馬貴族の別荘群があったのは、文献から分かっていたのだが、実際の場所がどこであるかまでは分からなかったのだ。

オットーが息を弾ませながら呟《つぶや》いた。

――どうやって発見されたのだ。

オットーがそれきり黙ったので、私も気になって後を急かした。

——それはだな……。

オットーは騾馬を止まらせ、自分は崖《がけ》っぷちに立つ松の木へ向かって上って行き、振り向いて、こっちへ来いと私を呼んだ。私が駆け寄ると、そこは実に大パノラマの広がる絶景で、葡萄《ぶどう》畑や桃の畑らしきものが延々と続いていた。

——おお。

遠くを通るのは鉄道であろうか。気がつくと眼下にすぐ、発掘中の遺跡の全貌《ぜんぼう》が広がっていた。

——あれか。

——そうだ。以前はただの草原だったのだが、ある曇った日に、ここに立った学者の一人が、奇妙な直線がいくつも混じり合う不思議な図形を見つけた。泥煉瓦《れんが》の家ならまだしも、石材で出来た建築物は崩れるまで時間がかかる。だからそれが遺跡となった後もその上に積もった土の層が薄いのだ。上に育つ草も周囲より早くしおれたりする。ある曇天の、特殊な日照の時にだけ、そういう条件が際立《きわだ》ってきて現れた線だったようで、ピンときたその学者は興奮してこの丘を駆け下り、見事見つけ出したというわけさ。

――ふうむ。遺跡が呼んでいたのだな。

――そうだ。呼んでくれたのだ。

――私も呼ばれたいものだ。

――俺は呼ぶんだ。

オットーはにやりと笑ってこちらを見た。そして、

――すると呼ばれる。

と、付け足した。成程、常時、熱を絶やさずに古代を思い続けるということなのだろう。それなら、私だって負けてはいない。私はライバル心のような、少し猛々《たけだけ》しくも不思議と愉快な気力に自分が満たされて行くのを感じた。

それからは随分歩行速度がついて、あっという間に下の遺跡まで辿り着いた。そこでオットーの紹介で発掘作業中のメンバーと挨拶《あいさつ》をしあい、その中の主任教授、カールこそがオットーの言っていた、「ピンときた学者」だということを知った。彼は図面のスケッチに余念がなかった。昨今の発掘現場には欠かせない写真機もちゃんと待機していたが、やはり遺跡全体のどのような位置関係、状態で、遺物や遺構が発見されたか、ということになると詳細な実測図がものを言うのである。とりあえずの簡単な覚え書きと見たが、私は暫くその画家と見まごうばかりの手つきに見とれた。

どこの遺跡もみな似たような雰囲気がある。乾いた、日に照らされた、埃《ほこり》っぽい少し倦《う》んだ空気。私も早速小さなつるはしとブラシ等を手に、遺構の中に入っていった。

——念のため言っておくが、その辺りはもう何もないぞ。

オットーが声を掛けた。

——いや、自分で呼びかけているのだ。出てこい出てこい、と。

オットーは笑って勝手にしろ、と言った。実は私だってもちろん確証があったわけではない。ちゃんとした遺物が一日やそこらですぐに出てくるものだとも思ってはいない。何か年代の手がかりになる破片の一つでも出てくれれば万々歳と思っていた。それなのに私は、土の一掬《ひとすく》いもしない前に、転がっている石ころの中で突出している地面の部分が——外見はほとんど他の石ころと一緒なのにもかかわらず——奇妙に気になり、少しずつ丹念に、土をどかしてゆくような心持ちで掘り進んだ。すると土塊《つちくれ》のような、奇妙な形をした物が出てきた。間違いない、酒杯の一種である。動悸《どうき》のために手が震えそうなのを宥《なだ》めつつ、土を落としてゆくと、埃で白く乾いたような表面が出てきた。このいびつな形状。銀化した羅馬硝子だ。不透明な中に青みがかった虹色《にじいろ》の底光りがあった。これと同じものを資料館で何十となく見てきた私は、気持ちが高ぶるのを感じた。

――オットー。

オットーを呼ぶ声がかすれた。

――何だ何だ。

やってきたオットーに、両手で掲げて見せ、

――羅馬硝子だ。

羅馬硝子は羅馬時代の遺跡には必ずと言っていいほど出てくる。それほど珍しい物ではない。しかし年代確定のしやすい点でも貴重な遺物である。オットーが目を丸くし、口笛を吹いた。そして、

――おい、カール、この俺の連れてきた親友が何を見つけたか見ろ。

カールはスケッチ帳を置いて近づいてきて背を屈《かが》めて食いつかんばかりにまじまじと見つめると、次の瞬間、

――何でそんなものを見逃していたのだろう。

と、頭を抱えた。オットーは、

――よくあることだ。人が全てを注視し続けることなど、所詮《しょせん》不可能なのだ。何かは見落とすものだ。

と、慰めた。私は内心嬉《うれ》しくてたまらない。すっかり気をよくして、すぐに定位置

に戻らず、隅の方に並べてある欠片《かけら》や破片の、目当てのすぐついたものを簡単に復元して見せた。するともうすっかり現場の空気が違うのである。作業員達の私を見る目に尊敬の色が如実《にょじつ》に出ているのだ。こういうことは資料館でもしょっちゅうやっている。私にしてみれば彼らの方があまりに不器用に思われた。両手とも左手なのではないかと疑うぐらい、物を扱うその仕方が繊細さに欠け、乱暴なのだ。復元と接合は本来私の得手とするものであったが、いつもやっていることなので、私はすぐにまた遺構の中に戻った。そこで再び丁寧な穴掘り作業を続けたが、さすがに次はなかなか無かった。だが私は満足だった。この世で決して見《まみ》えることのなかった人々の、ごくごく個人的な喜びや悲しみ、生活の小さな哀歓が、遥かな時を超え、私の周りで泡のように浮かんでは消えた。

やがて写真を写すらしく撮影機の前で人だかりがし始めた。何だかんだ言っても、やはり写真があると出土状況を端的に示すことが出来る。私は感じ入って撮影風景を見ていた。するとオットーがカールに何か囁《ささや》き、カールが、

——ムラタ、あの羅馬硝子を持ってそこに立て。

と叫ぶではないか。私は一応遠慮してみせたが、オットーにけしかけられ、酒杯を渡され、少々緊張してカメラの前に立った。

——そんな面白くもない顔をしていると遺物に失礼だぞ。

と、オットーが野次《やじ》を飛ばすので、私は少し笑ってみせた（しかし後日送られてきた写真を見ると、これがまた、何とも得意満面の嬉しそうな笑みなのである）。

やはり、現場の空気は良いものだ。立ち上がってくる古代の、今は知る由《よし》もない憂《うれ》いや小さな幸福、それに笑い。戦争や政争などは歴史にも残りやすいが、そういう日常の小さな根のようなものから醸《かも》し出される感情の発露の残響は、こうして静かに耳を傾けてやらないと聞き取れない。それが遺跡から、遺物から、立ち上がり、私の心の中に直接こだまし語りかけられているような充実。私は幸せであった。

——また今度は別の発掘場所にも連れて行ってやろう。確かトロイには行ったのだったな。

オットーが私の顔を見て満足そうに声を掛けた。

——うん、トロイはこちらに来て真っ先に行った。

——よし、それならいつかペルガモンへ行こう。

ペルガモンは、独逸人の鉄道技師が敷設《ふせつ》工事中に発見した、近年例を見ないほどの大がかりな発掘地となりそうな遺跡であった。私はまだそこを見る機会がなかった。

——しかしとりあえず今日は今日の宿を探さねばならない。

決然とそう言いきったオットーの横顔を見ていると、またいきなり民家に押し入るのではないかと、私は再び少し不安になるのだった。夕暮れが近づき、空気は少しひんやりとしてきて、子羊を一匹だけ連れた少女が、老婆《ろうば》に連れられながら遠くからこちらを見ていた。家路の途中なのだろう。次第に夕焼けが辺りを朱に染めてゆく。三日後にはまたスタンブールだ。ムハンマドの油料理が、何だか無性に思われてならない。

七 ニワトリ

この都に犬の多いことはすでに書いたが、負けず劣らず多いのがニワトリである。一晩中犬の吠《ほ》え声が絶えず、夜明け前にはそれが、エザンの声に先駆けて鶏鳴《けいめい》に代わる。その姦《かしま》しきこと、この上ない。

この国のニワトリは、雌鶏《めんどり》も雄鶏《おんどり》も、我が国のそれと比べ、信じられないほど逞《たくま》しい。腿《もも》など、盛り上がって隆々としている。脚もまた太く長く、地面を踏みしめる足裏に至っては、筋肉が隈《くま》無《な》く付いているに違いないと確信するほどだ。一度道端で、寄ってきた犬を一蹴《け》りで追い払った雌鶏を見たことがある。これが「一蹴《いっしゅう》」、ということか、と思わず立ち止まり、おおいに感心した。この雌鶏たちがまた、それぞれ小さいながら逞しい雛《ひな》鶏を引き連れて辺りを睥睨《へいげい》しながら練り歩く様は、まことに威風堂々としている。もちろん飼われているニワトリたちは大体家々の中庭にいる。外で犬どもとの熾烈《しれつ》な戦いを生き抜き、自由を謳歌《おうか》しているのは、皆、犬どもも一目置く無頼の実力者たち、ということになる。目つきも鋭く、風貌も頗《すこぶ》る精悍《せいかん》である。来たばかりの頃は、この野良鶏達を見るたびに、ここにも学ぶべき師のあることを思ったものだった。これからの世、日本が西洋に伍《ご》してやってゆくためには、もっと自分というものを押し出してゆかねばならぬ。この西洋を眼前にした地において、自分がその術《すべ》を学び、日本に持ち帰ることもまた、自分の為《な》すべき務めと、心密《ひそ》かに任じていたのだが、その確信も心許なくなった。どうも私はその任に適当でないようだ。

それがまあ、私個人の悩みといえば悩みなのだが、この屋敷の住人共通の悩みもある。それは最近、鸚鵡《おうむ》がこの雄鶏の鬨《とき》の声を真似《まね》始めたことだ。まだ夜明け前から、しかも当の雄鶏すら思いもかけない時間にとんでもない音量の、雄鶏もどきの声が鳴り響くのだ。慌《あわ》てた本家本元が負けじと啼《な》くと、喜んで鸚鵡がまた追いかけるように啼くものだから、にぎやかなことこの上ない。

あまりのことにオットーが駆け下りて、何時だと思っているのだ、と一喝すると、「ディス…ガウデ…」と怒鳴り返したという。いつもなら意味のない鸚鵡のたわごとですませただろうところを、眠っていたのを急に起こされたので、かえって脳の回路が普段と違う繋《つな》がり方をしたのか、オットーはそれをラテン語と真っ直ぐ受け取った。すると驚くべきことに、鸚鵡は確かに「Disce gaudere」ディスケ・ガウデーレ――

楽しむことを学べ、と怒鳴ったというのである。しかしさすがはオットーで、すかさず「Dona nobis pacem」ドーナー・ノービス・パーケム——我らに平和を与えよ、と怒鳴り返したのだそうだ。

一体、以前この鸚鵡を飼っていた学者というのはいかなる人物であったのか。私はラテン語を解さないので、どうもこの一件を聞いて以来、鸚鵡に頭が上がらないような気がして落ち着かない。ちなみに「ディスケ・ガウデーレ」はセネカの言葉なのだそうだ。

——日本人はニワトリは食わんのか。

寝不足の顔でオットーが言った。私が木下氏の窮状を話していたときのことである。ムハンマドは匪賊に憤慨し、ディクソン夫人は木下氏の食事を心配していた。

——昔から大事な食材の一つだ。

そう答えると、

——それならちょうどいい、何とかあの雄鶏をとっつかまえてひねってしまえ。あれを食えば木下もきっと恢復間違いなしだ。寝台から走り出すぞ、きっと。

オットーの声の調子に不穏なものを感じるのだろう、「革命だ、いよいよ革命だ」

と、鸚鵡が騒いだ。

——捕まえられるだろうか?

どう考えても私が立ち向かえる相手ではなかった。

——何を弱腰になっているのだ、同胞のためではないか。

オットーは叱咤《しった》激励したが、

——いや、情けないことだが、あまり敏捷《びんしょう》な方ではないのだ。

——ペラホテルなら、英国大使館にも近く、私もついでがありますから、通うことが出来ますよ。

ディクソン夫人が熱心に言った。

——村田が母国のお味をムハンマドに教えておいてくれたら。

——米はある。ソイ・ソースもある。他に何を使う? 羊はだめなのだったな?

ムハンマドも、慈悲深いアルラッハの神の名において徳を積まんとばかり、張り切ってくれた。

——トリだと言っているだろう。

オットーが横から口を出す。

——トリか? トリなら何でもいいのか?

また魚でも釣ってくる。

また鸚鵡が騒いだ。

——ニワトリは無理そうなので、また魚でも釣ってくる。オットーは、鸚鵡を横目で見ながら遠慮しいしい私がそう言うと、オットーは、

——なんだ、もっと自信を持て。この鸚鵡でさえ、啼き仲間の危機を思って——それだけではなかろうが——騒いでいるではないか。

——いや、なんだか最近はこの鸚鵡にすらかなわないような気がしている。誰もいないときに一人でここに座っていると、鸚鵡が顔の片面をこちらに向けて、じっと迫ってくるように私を見つめるのだ、そして、ケッと啼いて視線を逸《そ》らす。そうすると腹の底まで見透かされているような気がする。ニワトリも出来ることなら、ひねってやりたいが、まあ、何もニワトリでなくとも良かろうとも思う。もちろん、木下のことは心配している。あの尻の様を思うと、祈るような気持ちだ。

思わず、心中を告白すると、こういう場面に俄然人の良さを発揮するオットーは、

——よし、おまえは祈るという言葉を使った。これで何も鸚鵡に臆《おく》することはない、村田よ、人間が他の動物と違い、霊長類と呼ばれるのは何故《なぜ》か。それは他の動物にない、精神活動をするからである。太古の昔、人間は、こうなればよいという、願望を持ち——雨が降ればよい、狩りの獲物が多ければよい、など——そのために行為を始

めた。自分にとって理想的な未来のビジョンを思い描き、それを現実となすための、行動を起こしたのだ。それが呪術《じゅじゅつ》であり、祭祀《さいし》だ。祈りの始まり、精神世界の萌芽《ほうが》なのだ。それがやがては一定の神への信仰に発展して行く。人間とは、斯《か》くの如く、他の動物に抜きんでた存在なのだよ。おまえは祈る、しかし、鸚鵡が祈るか？

オットーの熱意に気圧《けお》されたように、皆一瞬黙り込んだ。ムハンマドはさりげなく立ち上がり、台所に向かった。その後ろ姿に向かって、鸚鵡がいつものようにイチジクを期待し、「友よ！」と叫んだ。振り向いたムハンマドは、

——おう。

と、鸚鵡に向かって頷きながら、

——祈りの、始まり。セイシン　セカイ　の　ホウガ。

と重々しく褒めてやった。鸚鵡は更にしつこくイチジクを願い、「友よ、ああ、友よ」と祈るが如く、また拝むが如く、切なそうに呟いてみせた。

オットーが顔をしかめ、私たちは噴き出し、この勝利に気をよくしたムハンマドは鼻唄《はなうた》交じりで大皿にイチジクを盛ってきた。

八　雑踏の熊《くま》と壁の牡牛《おうし》

木下氏を見舞った帰り、ガラタ地区を歩いていると、向こうから熊の頭が人混みの中を浮いたり沈んだりしてこちらに近づいてくるのを見た。ぎょっとしたが、すぐに誰かが被《かぶ》り物でもしているのだろうと思い直した。周りも殊更《ことさら》にそれと距離をとるでもなく、二、三、ちらちらと振り向くものこそあるが、ごく自然に雑踏に馴染んでいたからである。しかし次第に近づくにつれ、その確信は揺らぎ、落ち着かなくなった。獣臭いのだ。明らかに馴染みの町の臭いとはまた別種の生々しさである。いよいよ目の前にきた、と思ったら、突然、四《よ》つん這《ば》いになった。が、革紐《かわひも》を持った男に声を掛けられ、また頭を持ち上げ、二足歩行に移った。間違いない。本物の赤熊である。口の周りに形ばかり、革紐の枷《かせ》をかけているが、ごくゆるやかなものだ。顔つきはしかし穏健そのもの、身のこなしにも落ち着きがあり、人中に引き出されて動転している気配は微塵《みじん》もなかった。これは町暮らしも相当長いと見た。連れて歩いている男は、腰に小太鼓をつけている、アルバニヤ人である。熊に芸をさせて金を集める生業《なりわい》なのだろう。私は熊を見るのは実はこれが初めてである。付いていってその芸を見たいような気もしたが、それも少し躊躇《ためら》われ、後ろ髪を引かれるような心持ちのまま、大橋を渡る。

大道ともおぼしき橋の両側には、釣り人が三々五々、高い秋空の下、悠長に釣り糸を垂れている。商いをする者もある。いつ来ても相変わらぬ夥《おびただ》しき人の数、土耳古帽は言うに及ばず、様々な形のターバン、被り物、シルクハットに中折れ帽、肌の色に至っては、褐色のもの白いもの黒いもの黄色いもの、いや人種の万国博覧会とでも呼びたくなるような有様、犬まで多種多様な毛の色、模様をしたものが渡って行く。驢馬もいる馬もいる。渡り切ったところ、左手にイェニ・ジャミィの尖塔《せんとう》と円屋根が出迎えている。

天下無双の大橋である。

高い空に片雲が浮かんでいる。そのままセラグリオの丘の方へ急坂を上り、葉の色の変わり始めた高い木立を過ぎ、博物館に寄ってみる。ちょうど前庭で総指揮官のハムディベー氏と出会う。氏は土耳古帽こそ欠かさぬものの、いつも完璧《かんぺき》な洋装で、仕立ての良い背広を召している。これは彼のご家族のご婦人方、ご母堂から細君、幼い令嬢に至るまで皆同じで、板に付いた洋装、もちろん顔など隠していない。外国暮らしが長かったためと思われるが、彼らに会うといつも、土耳古という国は存外自由な国であるのだと思わされる。このときは、現場にお一人で、熱心に図面を見ておられた。

私に気づくと、

――また今度、宅の方へ遊びに来て下さい。

と、にこやかな笑みを浮かべて言われた。私も礼を言い、その場を離れたが、さて、この誘いをどうとるべきか。

普通の土耳古人なら、では、とその場で付いていってさえ何ら支障はない。しかし氏は欧州で教育を受けた方だ。倫敦《ロンドン》に留学中の私の友人なぞは、彼《か》の地では口頭での一度目の招待は明らかに社交辞令、二度目、三度目と益々《ますます》前回を上回る熱意を持って誘われたとき、漸《よう》くその可能性について考え始めるのだとしている。もしくは相手が手帳を取り出し具体的な日時について言い出してくるまで。初回の「一度宅の方へ遊びに来て下さい」は、単なる好意の表明、「いつか来て貰《もら》ってもかまわないぐらいに思っている」という、敵意のない挨拶ととるのが正しい。そういう風習は、我々が学生時代をおくった日本の古い都の体質と酷似しているではないか、と。

文化というものは洋の東西を問わず、成熟し、また尖鋭化してゆくと、言葉にその直接的な意味以上のものが付加され、土着のものにはそれを読み解く教育が、幼い頃から自然と施されてゆくものなのだろう。いわゆる「育ち」というのはそのことなのだろう。とすれば「育ちが違う」というのは、つまり、一つの言動を巡る解釈が違い、それに対する反応が違うということである。であるから、誰かの一言のその正確な狙《ねら》いを知ろうと思えば、本来はその誰かの育ちまでを勘定に入れておかねばならぬということになる。しかし、それは決して完璧にはなされ得ぬ業である。就中《なかんずく》ハムディベー氏に関して言えば、氏の文化的背景を洞察するに足るだけの、教養の絶対量とでもいうべきものが、私にはまずもって不足していた。

以上、出土品一時保管庫への石段を上がりながら、オットー風につらつら考えてみた結果、ハムディベー氏の「招待」の真意を推し量るには、氏に関しての、私の手持ちの情報並びに教養が少なすぎるという結論に達したのだった。

——判断保留、というわけか。

夕食時、ハムディベー氏に声を掛けられた一件、そのことを巡る私の考察などを聞いたオットーは、香辛料で真っ赤に煮込まれた鶏肉と、炒《いた》めた米の詰まった茄子《なす》を両方一度に口に入れながら、かつしゃべるという離れ業を披瀝《ひれき》し、見ていた我々を密かに圧倒した。

――しかし村田よ。君の考察にはハムディベー氏側の視点が落ちている。異文化を行き来する、という点においては、彼は村田の相手ではない。彼は当然、異邦人である村田が彼の誘いをどうとるか、ぐらいの覚悟はあったはずだ。

――そうですよ、村田、それは考え過ぎというもの。ハムディベー氏の奥方とはよく顔を合わせますが、はっきりとものをおっしゃる方です。確かに英国にはあなたのお友達のおっしゃるような傾向がありますが、それは牽制《けんせい》しながらでしか相手に近づけない、臆病な国民性のなせる業。それも皆が皆そうと限ったわけではありません。ハムディベー氏のような人たちは、もう、思ってもいないお追従《ついしょう》なんかしませんよ。言葉はシンプルに使うものです。

ディクソン夫人とオットーは珍しく意気投合して、私が氏の自宅を訪問すべきだと主張した。

成程、私にとって氏が未《いま》だ神秘の人であるように、彼にとっても私はそうであるはずだ。この国において、いや、欧州全土においてすら、日本人に出会うというのは、天下の往来で熊が歩いてくるのに出くわす以上に珍しいことに違いあるまい。それを思えば、彼の言葉は互いの共通の教養を前提として発せられたというものではない、つまり、言葉そのものとして受け取ってしかるべきと思われた。

ふうむ、と私が感得していると、ディクソン夫人が、ふと顔を上げ、

——それはそうと、以前貴方《あなた》が言っていた夜中に光る壁のことだけれど、その後はどうなったのですか。

——ああ、そのことなのですが。

実は今日、出土品一時保管庫に寄った理由もそこにある。しかしあの話題を皆の前で自分から出すというのは、どうも、気が進まなかったのだ。愚痴を言っているようにとられても困るし、また臆しているととられても具合が悪く思えたので。が、向こうから訊かれたのなら話は別だ。

——最近、壁の一部が、単なる凸凹と言うには人為的な、ある形を成しているように思えてきたのです。それが、確かこの間運び込まれた出土品——あまりにも稚拙で、芸術的価値はないと見なされているものですが——と似通っているように見えたので、今日、それを確かめてきたのです。

——で、どうでした？

——ええ、同じもの、だと思います。

ちょっと、見せてくれ、と好奇心に駆られたオットーが立ち上がり、その勢いにつられて、食事の終わっていた私とディクソン夫人も二階へ上がった。

問題の部分は、部屋の入り口、ドア横の床から一尺ばかりのところである。今は光ってはいないので分かりづらいが、浮き彫りのように向かい合った二本の角、よく見ると、動物の額のようにも見える。そのことを言うと、

——成程、で、保管庫にある方のはどこから来たのだ？

——係官は中央アナトリア、コンヤの近くだと言っていた。が、こんなものは場所をとるだけだ、と迷惑そうであった。

——間違いない。土耳古《トルコ》政府はこういうものには興味を持たないだろう。だから昔同じようなものが出てきたときも払い下げられて、此処《ここ》にこうしてあるのだろう。

——新しいものなのか。

——新しいどころか。古すぎるのだ。紀元前八千年から五千年までの間。新石器時代。

——そんな時代！　よくもまあ。

ディクソン夫人が目を丸くした。

——ええ、すごい発見なんですが、いわゆる「宝物」とは縁遠いものなので、なか

なか発掘の予算がおりず、殆ど手つかずのままなのです。以前、独逸の調査隊が入ったのですが、土耳古政府から追い払われてしまった。発掘で出たものの半分は政府に引き渡す契約なので、もっと、金銀の美しい細工の出土品が出る場所の方が好ましいのでしょう。

――殆ど手つかず、というのは？

――もちろん、ある程度は掘ったが、その集落の全体像がはっきりするまでには遠く及ばない。多分、この部屋のものも、その近辺からの出土品ではあるまいか。とすると、考えていたよりもかなり広範囲に亘《わた》っているのかも知れない。もっと空間的、時間的属性をはっきりさせて型式連続を作らねばならんが、それは後代の学者の仕事になるだろう。考えてもみたまえ。その昔、野生動物とさして変わらぬ暮らしをしていた人々が、山の洞窟《どうくつ》を出て、初めて平野に家らしきものを作った。どうもそれは、猛獣の襲撃を恐れて、窓もドアもない、箱のようなもので、天井に穴を穿《うが》って出入りしていたらしい。そういう家の原点のようなものの内部の、恐らく一番重きを置かれていた場所、多分聖なる場所と目されるところから、それが出てくるんです。

そう言って、オットーはドア横の角を指した。

――やはり拝んでいたのではないか、と思われます。角を持った牡牛は力のシンボル。人々は力に憧《あこが》れる。これが神のそもそもの始まりの形、つまり信仰の原点です。神の赤ん坊の時代と言ってもいいかな。

私は怖《おそ》ろしくてディクソン夫人の顔をまともに見ること能《あた》わなかった。大急ぎで食堂へ戻ろう、と二人を促した。ディクソン夫人は階段を下りながら、

——オットー、あなたに赤ん坊の時代があったように神にもそういう時代があったと考えるのでしょう。でもオットー、それは不敬というものですよ。神の赤ん坊時代などというものを想像するなんて。時代が時代だったらあっという間に火あぶりです。どうしたらそういう考えが浮かんでくるのかしら。何でも一度に口に入れるから、胃に負担がかかって頭に血が回らないのかも知れません。下に行ってまず熱いお茶でも飲んでお腹《なか》を温めることです。それから、ろくろく噛《か》まずに呑み込むのも止《や》めること。消化に悪いですからね。

ディクソン夫人は、まるでやんちゃな男の子をたしなめるかのように、微笑《ほほえ》みすら浮かべ、食堂へ入ると食後のお茶を淹《い》れ始めた。食卓で待っていたムハンマドは、頷いて甘いものの準備をした。オットーは苦笑しながら、カップを受け取った。

ディクソン夫人もまた、オットーとの対応において、進化・変容を遂げつつあるのだった。

その晩、また壁の角が微《かす》かに光り始めたので、私はそばに行って座り込んでそれを眺めた。拝むことはしない。向こうも今更それを望んでいないだろう。ただ、拝まれていた頃の記憶が、恐らく辺りに滲《にじ》んでくるのだ。ビザンティンの衛兵と同じようなものだ。由来が分かったので、暫《しばら》くその思い出に付き合ってやろうと思う。

そのとき戸を叩《たた》く者があった。開けるとムハンマドだった。珈琲《コーヒー》のカップを二つ持っていた。彼も壁の角が見たいという。それで二人で、床に座り込み、黙って光が消えるまで、異教徒の夢に付き合ったことだった。

九 醬油《しょうゆ》

ディミィトリスがサロニカから帰ってきた。二週間ぶりである。入れ替わりのように、オットーがペルガモンに旅立った。彼の古い知人の、ウィリアム・ドープフェルト氏の要請である。

ペルガモン発掘には元々独逸人たちが深く関わっている。鉄道技師カール・フーマンが、鉄道工事の最中、遺跡の一部を発見したのがそもそもの始まりだったからである。早速発掘隊が組まれ、土耳古政府の許可を取り付け、発掘が開始されたのが一八七七年のことだ。その後、ゼウスの祭壇、アテネ神殿等、次々に発掘されてきたが、出土品はほとんど全《すべ》て、右から左へ伯林《ベルリン》へ運ばれている。私はペルガモンにはまだ行ったことがないが、伯林では精緻《せいち》かつ壮麗なゼウス神殿が復元されつつあるというのに、あちらにはうら寂しい土台が残されているばかりなのだそうだ。

国の力が劣っているから、こうやって欧羅巴《ヨーロッパ》列強からつけ込まれるのだ、とムハンマドは嘆く。牡牛の角の一夜以来、私はムハンマドの珈琲店通いに付き合うことが多くなった。それ以前の私の耳に入ってくるのは、如何《いか》に土耳古政府が考古学に理解がなく頑迷であるか、という話ばかりであった。曰《いわ》く、申請しても発掘許可がなかなか下りない、理不尽な言いがかりを付けてしつこく発掘を邪魔する、等々の。しかし、似たような土耳古人の男ばかり、煙草《たばこ》や水煙草をふかして、何をするでもなく集い合う、独特の時間の流れを持った珈琲店で同じ時間を過ごすようになると、その頑迷さや気まぐれさも、何となく故《ゆえ》なきものとは思われなくなるのである。西洋の合理的な精神からすると、無知蒙昧《もうまい》としか思われないような彼らの言動も、その世界観からすれば、それなりの整合性を持ってくるのだ。前近代に留まっている、としばしばオットーを嘆かせる「世界観」ではあるのだが。「進歩即《すなわ》ち善」という、オットーの大前提が、そもそも否定されて始まっている世界なのだから、両者が相容《あいい》れないのは当たり前の話だ。

しかしムハンマドはオットーに一目置いているし、オットーもムハンマドを人として好いているらしいのは生活の中で伝わってくる。それはオットーがムハンマドにものを頼むときの敬意を失わない言い方であるとか、ムハンマドがオットーに礼を言われたときの、無邪気な子どものような笑顔からでも分かる。尤《もっと》もこれとても危うい均衡ではあるが。

問題はディミィトリスだ。ムハンマドの彼への敵意は、有り体に言って陰性のものである。ディミィトリスは、美男子で物腰も優しい。希臘人《ギリシア》が気にくわないと言って、希臘人なんぞその辺にうじゃうじゃいるのだから、それが理由にはならないと思うのだが、結局のところ、日本で言う、虫が好かない相手というわけなのだろう。他人に対する好き嫌いというのは、相手の主義主張よりも、「虫の好かなさ」の多少の方が大きく関与してくるものなのかも知れない。

中庭の葡萄が見事な房を垂らしている。ディクソン夫人が帆布の前垂れを付けて熱心にそれを摘んでいる。

——収穫期ですね。

私が声を掛けると、

——ええ。今日のお茶会への手みやげにしようと思って。

そう言って、ぶら下がっていた一房を手にとると、

——どう?

と、勧められたので、礼を言って受け取った。そこへディミィトリスが外出しよう

とテラスから出てきたが、ディクソン夫人に声を掛けられ、四阿《あずまや》の椅子《いす》に腰を掛けた。

――仏蘭西《フランス》人の作家が書いた『アジヤデ』という本が、今話題になっているのよ。

夫人は徐《おもむろ》に話し始めた。

――知っていますか？

私は頭を振り、ディミィトリスは、曖昧《あいまい》に頷《うなず》いた。

――それが英国海軍士官と、スタンブールの商人の年若い妻の一人との恋愛の話なの。ムスリムの夫人よ、もちろん。国に帰った彼を待ちながら死んでしまうの。何故私達の集まりで話題になっているかというと、あんな、身勝手な男の、譫言《うわごと》のような話が西洋諸国でもてはやされるということに、皆憤慨しているのです。

――それは、随分無茶な話ですね。もし、相手の亭主に見つかったら、こちらの法律では極刑でしょう。考えただけでぞっとするような方法で。

私にはそんな勇気は更々ない、機会もないだろうし、と付け加えようとして、ディミィトリスの顔をちらりと見、驚いた。ひどく真面目《まじめ》な顔をしている。珍しいことに苛立《いらだ》ちともとれるような緊張感を漂わせている。ディクソン夫人はそれに気づいてかどうか、

――本当ですよ。まったく。自分勝手な妄想に付き合わされる相手の女の人こそい

い迷惑ですとも。

——しかし。

と、ディミィトリスは何か言おうとして、気が変わったのか、言葉を呑《の》み込んだ。此処にいたって漸く鈍い私にも、二人の会話の裏に何かあるらしいことがうっすら呑み込めてきた。しかしまだよく分からない。固唾《かたず》を呑んで事態の進展を見守ろうと構えていたが、しばらくするとディミィトリスは、

——出かけてきます。

と、言い置き、出ていった。ディクソン夫人はため息をついて何も言わなかった。

私は夕方から、木下氏のホテルへ見舞いに行くことになっていた。氏はもうだいぶ恢復《かいふく》してきたので、ムハンマドが滋養のあるスープをつくってくれることになっていた。

出ていったと思ったディミィトリスは、夕方近く帰ってきて、食堂でムハンマドのスープが出来上がるのを待っていた私に、硝子《ガラス》の小瓶を差し出した。その色を見て私はあっと叫んだ。醤油だ。蓋《ふた》を開けて匂《にお》いを確かめた。間違いない。支那《しな》風のソイ・ソースなどではない。正真正銘日本の醤油だ。私は興奮の色を隠せなかった。

——どこで？

──船で知り合った男が、たまたま貿易商で、日本に行った帰りだったんだ。サンプルに日本のソースを持ち帰ったと言っていたのを思い出したので、ガラタ埠頭《ふとう》の近くの彼の事務所まで行って、ソースの余ったものがないかと言ったら、分けてくれた。木下に、届けてやってくれ。

木下氏のことは、昨夜ディミィトリスに話してあった。そのときからこのことを考えていたのだろうか。何といい奴《やつ》なのだろう。

──有り難う、本当に有り難う。この醬油ほど、日本人の心を取り戻させてくれるものはないんだ。それにも増して、彼にとって異国人である君の思いやりが、彼をどれだけ励ますことか。

私は感激のあまり口ごもった。ディミィトリスは照れくさそうに微笑んだ後、

──こんな事は何でもないことだ。「私は人間だ。およそ人間に関わることで、私に無縁なことは一つもない」。

と、呟《つぶや》いた。いつものことながら、ディミィトリスの呟きは実に含蓄に富んでいる。

そのことを言うと、彼は、

──いや、これは私の言葉ではない。

と断り、

――テレンティウスという古代羅馬《ローマ》の劇作家の作品に出てくる言葉なのだ。セネカがこれを引用してこう言っている。「我々は、自然の命ずる声に従って、助けの必要な者に手を差し出そうではないか。この一句を常に心に刻み、声に出そうではないか。『私は人間である。およそ人間に関わることで私に無縁なことは一つもない』と」。ディミトリスは瞬《まばた》きもせず私の目を真《ま》っ直《す》ぐに捉《とら》え、力強く言い切った。弱くなった午後の日の光が部屋に満ち、ムハンマドのつくるスープの匂いが調理場から流れてきた。

帰国してからも、私は永くこの言葉を忘れない。

十　馬

我が国に人力車《じんりき》のある如く、土耳古には借馬屋《しゃくばや》がある。主要な辻々《つじつじ》に、車夫が煙管《キセル》をふかして仕事を待つよろしく、乗り手を待つ馬がずらりと並び、人々は気軽にこれを借りてゆく。この国の道路は凹凸が激しく、往来には馬が一番適しているという。或《あ》る者は傘を片手に悠々と、また或る者は商売道具を積み早駆けで、都の隅々まで行き来している。かっちりとした、見るからに固そうな山高帽もあれば、洗濯物をまとめ上げたようなターバンもある。辮髪《べんぱつ》もあれば、白い布をなびかせる亜剌比亜《アラビア》人もある。借馬屋の馬丁《ばてい》を連れているのは片道を頼んだもので、復路にはその馬丁が馬を連れて帰ってくるのである。借賃はあってないようなものだから、交渉次第で安くもなれば、足元を見られれば高く取られる。私はこの交渉が苦手で、あまり利用したことがなかったが、ある日馬の方から私のところへやってきた。庭球に行った帰りのディミィトリスが馬を二頭連れて資料館に寄り、遠乗りをしようと誘ったのだ。ディミィトリスは運動好きである。今日は朝からペラ地区へ庭球に出かけていたはずだ。まだ動き足りないのだろうか。馬は大きく広げた鼻孔から盛んに息を吐いている。その白さに気づき、私は図らずも季節の晩秋に入ったのを知ったのだった。

——その馬はどうしたのだ。

私はおそるおそる訊《たず》ねた。

——今日は久々の晴天だったので、英国大使館の方々と庭球をしていた。

それは知っている、と思ったが、ディミィトリスは万事順序立てて話すのが常だったので、私は辛抱強く待った。

——あそこでは帰りは大抵、馬車で送ってくれるのだが、今日はどういう訳か、都合がつかず、馬を貸してくれた。馬丁もここまで一緒に来たのだが、ちょうど祈りの時間だとか言い始めたので、それならちょっと馬を貸してくれ、そこにいる友人と乗りたいから、と借りてきたわけだ。君が今日は昼までだと言っていたのを思い出したんだ。もう帰ってもいいのだろう。

確かに今日は昼までだと言ってあった。昼からは身分の高い女人が見学に来るそうで、男の数は極力減らしたいようなのだ。が、馬に乗る予定など私には全くない。それは有り体に言ってありがた迷惑というものだった。乗れないわけではない。実家は武家だったので、馬具も揃《そろ》っており、幼い頃から乗馬の機会はあった。が、あるとき乗っていた馬が急に何かに驚いて走り出し、身も凍る思いをしたことがあり、爾来《じらい》自ら進んで馬に向かったことは一度たりともない。しかし、たとえ相手が悪気のないディミィトリスと雖《いえど》も、ここで断って日本人は馬にも乗れない、などという印象を与えるのは好ましくない。そうなっては国辱ものだ。

渡された手綱を取り、その栗毛《くりげ》の首に手をやり、馬に向かって微笑みながら頷いてみせる。挨拶《あいさつ》である。挑戦的な風は微塵もない、従順そうな馬であった。私自身はまだ不承不承ながら、とりあえず乗ってみる。私が乗ったのを見て、ディミィトリスはさっさと自分も乗り出発してしまった。すると少し手綱をゆるめてやるだけで、馬はすぐに速歩に入った。

慌てて声を掛けようとしたが、その実何となく行けそうな気もして、少し様子を見る気になった。

鞍《くら》を通して馬の自信と健康な力強さが律動として伝わってくる。すぐに信頼のおける馬ということが察せられた。不安や躊躇《ためら》いや猜疑心《さいぎしん》がなかった。私は心中密かに故国の馬と比べ、舌を巻いた。遺伝や訓練で、同じ馬でもこうまで違うものだろうか。もちろん、私の田舎の駄馬と乗馬の本場、英国大使館付きの血統明らかなる亜剌比亜馬とは異なって当然かも知れぬ。また、この場合の優秀さとはどこまでも「人間にとって」使い勝手がいい、という点に尽きるのではあるが。

空気がきりきりと冷たく、風に当たって洟《はな》と涙が出た。が、これが存外清々《すがすが》しいものであった。何よりやはり、視点が高い。高い視点で異国の風物を眺めるのは爽快《そうかい》なものである。英国人等が好んで馬に乗りたがる理由が、半ば判明したように思った。土耳古人の多くは驢馬《ろば》を愛用するが、奴らは決してそれには乗らぬ。犬猫が喧嘩《けんか》のとき高い場所で構えたくなるのと理屈は同じだ。優位に立てる気がするのだ。畜生と同じ、と分かってはいても、それが自分にも心地好《よ》いのは潔《いさぎよ》く認めよう。

——寒くないか。

心持ち先を行くディミィトリスが振り返って訊《き》いた。私は今朝偶々《たまたま》新調した外套《がいとう》を着てきたので、その点については問題ない、と答えた。涙や洟は単なる冷気への反応なのでじきに慣れるだろう。馬の振動で脳天にまで心地好い刺激がもたらされ、気分もだんだん高揚してくる。

——走れるか。

と訊いてきたので、まあ、とか、曖昧な返事をした。ディミィトリスの葦毛《あしげ》は僅《わず》かに頭をのけぞらせると軽い駆足を始め、私の栗毛も後に続いた。

土耳古は雨期に入り、このところ雨が続いていたので、あちこちで水溜《た》まりが出来ている。これから雪の降る季節を迎え、歩くのに最も難儀をする日々が続く。成程、馬を乗りこなしてこの都大路を闊歩《かっぽ》するというのは、快適に違いあるまい。ビザンツの時代は渓谷であったという低地を走る道に沿い、西へ進む。周りの景色がどんどん後ろに下がって行く。規則正しい蹄《ひづめ》の音が、石畳から細かい粒子を叩き出す。やがて城壁に穿たれたようなトプカプ門が見えてくる。この都市を囲む、古代大城壁の真ん中辺りに位置する大門である。その手前から北寄りに進み、木立の中を通り、墓地を抜けた。この辺りは城壁がひどく荒廃していた。残骸《ざんがい》、といってもおかしくはなかった。道は地面から突き出た木の根や転がり落ちた日干し煉瓦《れんが》などで、躓《つまず》きやすくなっていた。先を行くディミィトリスが速歩に落としたので、私も手綱を引いて馬銜《はみ》を利かせた。

——ここら辺りに来たことがあるか。

ディミィトリスは振り向いて声を掛け、私が否《いな》と答えると、馬を止め、下りて、近くの木に繋ぎ、崩れた城壁の一部に腰をかけた。馬は二頭とも、盛んに白い息を吐いていたが、しばらくすると呼吸も整い、すぐには出発しないとふんだのか、馬銜を嚙み始めた。

――ビザンツ最後の日、この辺りで土耳古軍との激烈な戦いがあった。コンスタンティヌス一一世という方は、その高名な文化の最後を飾るにふさわしく、実に優雅で洗練されていた皇帝だった。神に対しては敬虔《けいけん》きわまりなく、臣下に対してでさえも礼を失しなかった。長身瘦軀《そうく》、マントを翻《ひるがえ》し白馬に跨《また》がった様は、生まれながらの高貴さというものがどういうものであるか、見る者に感銘を与えずにはおかなかった。臣下は皆彼を崇拝し、その気高さと高潔さに心からの忠誠を誓ったものだった。

――まるで見てきたようなことを言う。

ディミィトリスがあまりに遠い目をして言うものだから、私はついからかい口調になった。

――そこにいたような気がするのだよ、実際。幼いときからあまりにそのときのことを思っていたものだから。戦局がいよいよ悲観的になり、この都市の陥落も目前になったとき、皇帝は家臣を集めて励ました後、一人一人の手を取り、「私が今まで気《こ》づかずに貴方がたを傷つけるようなことをしていたら、どうか許して欲しい」と請うた。皆、感涙して皇帝のために命を捨てることを誓い、互いに抱き合ったんだ。そして一四五三年五月二九日、大城壁を包囲した土耳古軍がいよいよ攻め入ってきた。

そのとき、繫いでいた馬の一頭が――ディミィトリスが乗っていた方だ――白く長いまつげを伏せ、大きなため息を吐《つ》いた。ディミィトリスはそちらに視線を移して続けた。

――皇帝は乗っていた愛馬を捨てた。自ら地に降りて剣で戦う御覚悟だったんだ。身分の知れるもの――徽章《きしょう》とか――を全てはぎ取ると、怒濤《どとう》のように押し寄せる土耳古兵のただ中に身を翻し消えていった。それから彼の行方は杳《よう》として知れない。死体の中に皇家の紋付きの靴下を着けたものがあったとか、首実検されたものが晒《さら》しものにされたとか、墓が発見されたとか、いろいろ言い伝えられているが、決め手はないのだ。旧臣たちの手で人知れず埋葬されているかも知れないと、これでも随分探したんだが。

ディミィトリスの話は私の心情を大きく揺り動かした。この男は単なる好古の士ではない、その生き方において、何かもっと切迫したものを感じさせた。そしてそれにはどこか悲劇性のものの気配が付きまとっていて、時に私をいたたまれなくする。

――君がこの町の遺跡に携わっているのも、もしかしたら何か彼の……。

――その後の手がかりが、発見出来れば、という気持ちはどこかにあるね。

ディミィトリスは視線を馬に当てたまま軽く頷いた。それからいきなりこちらを向いて、わざと眉根《まゆね》をひそめてみせ、

——だって僕はビザンツの末裔《まつえい》だからね。

これが冗談ととるべきなのかどうか分からぬまま、この機会に、と、前から疑問に思っていたことを訊いてみた。

——ビザンツ人とは、一体どういう人たちだったんだね？

——ビザンツ人は、希臘・羅馬の文化を受け継ぎ、更に東からの風を受けて、これ以上ないほどそれを発展させていったんだ。あまりに精緻で凝りすぎたせいか、ビザンツ的、というのは今は揶揄《やゆ》的な比喩《ひゆ》でしか用いられないけれどね。

——君のご両親は確か、希臘政府の文官で、君も幼い頃は仏蘭西で過ごしたのだろう？ それでも、君はビザンツ人なのかい。

——希臘政府といっても、まるで土耳古の傀儡《かいらい》政権のようなものだ。

と、ディミィトリスは念を押してから、

——ここに住む希臘人は殆《ほと》んどそう思っているのではないかな。自分はビザンツの末裔だと。希臘というのは、北の一部は別として、ひどく痩《や》せた土地柄なんだよ。農耕に適さぬどころか殆ど不毛に近い。だからこそ遥《はる》か昔、「貧乏を友として」ポリスを築き、国内の強固な団結を誇った。けれどやがてはそれも崩れて解体してゆく。富が人を堕落させるんだ。その過程をつぶさに見ていた羅馬人は、その轍《てつ》を踏むまいと、最初はそれでも質実を旨《むね》として切磋琢磨《せっさたくま》していたんだ。だが、成熟を過ぎ、爛熟《らんじゅく》を迎えた文化がいかに脆《もろ》いものか。やがて羅馬貴族というのは豪奢《ごうしゃ》で退廃した生活ぶりをする人間の代名詞のようになってしまったし、その最後の皇帝、コンスタンティヌス一一世のときには、東羅馬、ビザンツ帝国は瀕死《ひんし》の病人といわれるようになってしまった。結局同じ道を歩んで滅んでしまったんだ。そしてこの土耳古だ。この都市を征服したときには、多少野蛮だが、ビザンツの複雑怪奇な社会機構にはない単純明快さと力があった。しかしそれも結局、長い繁栄を極めた挙げ句、この有様だ。皮肉にもかつてのビザンツと同じように、欧羅巴の瀕死の病人といわれているではないか。繰り返すのだ。勃興《ぼっこう》、成長、成熟、爛熟、腐敗、解体。これは、どうしようもないのだろうか。

ディミィトリスは、独り言のように言い、もとより私に答えなど期待してなかっただろうが、私は考え込んでしまった。

鳶《とんび》が高い空に輪を描きながら舞っている。空だけ見ていると、異国にいるのを忘れてしまいそうだ。時の流れとは、何と雄大で不思議なものなのか。

——私の国では、確かに開国前、長い間同一の政権が続き、文化が爛熟していた時代があった。退廃、ということも多少は言われていたと思う。しかし、それは国が滅びるほどのものにはならなかった。更に言えば、日本という国は希臘ではないが、元々が貧しいのだ。そのせいか儒教の教えなどが徹底して、個人の好き勝手を自然に戒める風があるようだ。それがいいことかどうか、今の私には分からぬが。政権が変わったのも、結局は外圧が引き金になった。内政が行き詰まっていたのも確かだ。外圧がなかったらどういうことになっていたか、見当もつかない。しかしそれも時の流れで必然といえば必然だったのだ。そのおかげで私などもこうしてここで学んでいられる。……それが、答えになるとも思われないが。

――その善き貧しさを、保つことだな。西の豊かで懶惰《らんだ》な退廃の種を、君たちが持ち帰らないようにすることだ、村田。

豊かな退廃など、私は今の日本に想像すら出来なかった。祖国が少しでも豊かになって欲しいとの思いで必死、いつ来るか分からぬ危険な豊かさへの懸念《けねん》など、まるで寄せ付けなかったのだ。それはほとんどの日本人に共通している思いであろう。私はディミィトリスのその言葉を軽く受け流した。もう少し、行こう、とディミィトリスは立ち上がり、馬の轡《くつわ》に手をかけながら、

――だが、僕自身はしみじみビザンツ人だと思うよ。この滅びゆく空気が性にあっているらしい。

と、自嘲《じちょう》気味に呟いた。私は思わず頭を上げ、ディミィトリスを見つめたが、彼はもう馬を進めようとしていた。仕方なく私も鐙《あぶみ》に足をかけ、後に続いた。

大城壁に沿ってゆくと、やがてとある回教寺院の横を過ぎた。

――君はこの、丸屋根に尖塔のある建築様式を回教に独特のものだと思うだろう。

ディミィトリスが訊いた。

――ああ。違うのか。

――違う。これはビザンツ様式の教会建築なのだ。元々は正教の教会を、征服後に彼らが回教寺院に作り替え、そしてその建築様式をそのまま模倣して自分たちのものとしていったのだ。それが結局回教寺院のスタイルになってしまった。

これは初耳だった。聞き返そうとしたとき、突然何かの大きな吠《ほ》え声がした。それから異臭も漂ってきた。馬の耳が片方、少し神経質そうに動いたが、動揺しているようではなかった。

――あれは？

――その先は、さっき言ったコンスタンティヌス一世の宮殿だったところだ。今は象が飼われている。見るのもつらい。迂回《うかい》しよう。

そういって、エディルネ門を通り抜け、それから坂を下ってゆく。その先は金角湾

だった。カユクと呼ばれる細身の小舟が幾艘《いくそう》も行き来している。立ち止まり、馬上からそれを見ていたディミィトリスは、

——さっきと同じ質問をある人にしたことがある。

と呟いた。

——同じ質問？

——人の世は成熟し退廃する、それを繰り返してゆくだけなのだろうかと。

——ああ。

——その人はこう答えた。「ええ、いつまでも繰り返すでしょう。でもその度に、新しい何かが生まれる。それがまた滅びるにしても、少しずつ少しずつ、その型も変化してゆくでしょう。全く同じように見えていてもその中で何かが消え去り何かが生まれている。そうでなければ何故繰り返すのでしょう。繰り返す余地があるからです。人は過《あやま》ちを繰り返す。繰り返すことで何度も何度も学ばねばならない。人が繰り返さなくなったとき、それは全ての終焉《しゅうえん》です」と。

何の事やら私には全く分からなかった。ただ、ディミィトリスの様子から、ここで野暮な質問をするべきではないという直感が働き、私はただ、

——成程。

と、深く頷いてみせた。ついでに、

——それで君はそれに何と答えたのかね。

と質問まで加えた。これは野暮とはいえまい。しかし、何故か妙に面映《おもは》ゆいことであった。誠実なディミィトリスは与えられた質問には必ず答えようとする。が、このときは一瞬戸惑ったように口ごもった。そして、

——僕は、何も学びたいとは思わない、と。

ぽつりと答えた。そうか、と私はまた頷くと、もう何もそのことについて話すことはなかった。

やがて金角湾に、かなり長いカユクが現れた。ただ長いばかりではない。舳先《へさき》は優美な曲線を描き、船体は漆黒、その縁は金色に塗られた見事な美しさで、しずしずと優雅な水の尾を曳《ひ》いていた。貴族か富裕な商人の持ち物であろう。乗っているのは奥方達だろうか。ここからでは定かではないが、漕《こ》ぎ手も一人や二人ではなさそうだった。珍しいものだったので、私はそれを指さし、声を掛けようとしてディミィトリスを見た。そして思わず口をつぐんだ。ディミィトリスは微動だにせず、食い入るようにそれを見ていたのだ。

そのカユクが視界から消え去るまで、私は声を掛けるのを遠慮した。そして、おず

おずと、

——知っているのか。随分優美なカユクであったな。

と言った。それでディミィトリスは何かの魔法から解けたようにハッとして、

——そうだな。もう帰ろう。馬夫が待ちくたびれていることだろう。

と、手綱を引き、向きを変えると走り出した。私も慌《あわ》てて後を追った。ディミィトリスは私の乗馬の腕を正確に見て取っていたので、無茶な走り方はしなかった。それでも下宿に帰り着くまでには随分緊張した。

下宿の前まで来ると、私たちは馬を下り、首を軽く叩いて褒めてやった。そして宥《なだ》めながら中庭に通じる通路を引いて行った。馬の汗や、その体温を通じて温まった革製の馬具の匂いが、通路に満ちた。馬夫は、下宿の中庭で待っていた。礼を言って手綱を渡すと、鷹揚《おうよう》に頷き、勿体《もったい》ぶった様子で一頭に乗り、もう一頭の手綱を引きながら器用に駆けて帰っていった。それを見送ったディミィトリスは、

——尻《しり》の具合はどうだい。

と唐突に訊いてきた。その質問の意味を訝《いぶか》りながら、

——いきなりの乗馬だったので多少痛いが大したことはない。

と答えると、

——そうか。時々は馬にも慣れることだ。内陸の方を旅するためには。

と言って微笑み、二階へ上がって行った。そこでようやく、彼が私を乗馬に誘った狙《ねら》いが分かった。

私は水が飲みたいと思い——途中何度か水売りの姿を見かけたが、とても馬を止めて声を掛けるゆとりがなかったのだ——炊事場に直行した。水差しからグラスで水を飲み、卓子《テーブル》で一息つくと、今日のディミィトリスの物思わしげな言動の数々が思い起こされた。その一つ一つから、私なりに意味を見出《みいだ》そうと考えるが、もう一つ判然としない。ただ、何か胸の痛いような気配が、伝染してくるような奇妙な気分である。

鸚鵡《おうむ》は横目でこちらを見ていたが、止まり木を私の方へ二、三歩移動すると、

「繁殖期に入ったのだな」

としたり顔で呟いた。私は思わず睨《にら》みつけた。

この言葉が、この鳥の語彙《ごい》にあることは知っていたが、何故こんなときにそれが出るのか、何に反応しているのか、私には測りかねることであった。少なからず不快でもあった。まことに人の神経を逆撫《さかな》でする生き物である。

ムハンマドが見ていれば、ジンの仕業と言うことだろう。

十一　キツネ

鸚鵡が新しいことばを覚えた。ムハンマドが肉を寝かしている頃合いを見計らうときに発するのを、記憶したらしい。「もういいだろう」というのだ。

英語で馬鹿《ばか》な奴の頭のことを「鳥の脳」と貶《けな》したりするが、あの使い方は誤りだ。少なくともこの鸚鵡は、一旦《いったん》ことばを覚え込むとそれを様々な場面で試してみる。その際私たちの反応を、冷静に脳の中の書き付けにでも記録していたのではないだろうか。どうもそのような気がしてならない。ムハンマドのその台詞《せりふ》「もういいだろう」――It's enough――とて、彼が朝晩ディクソン夫人に親炙《しんしゃ》している結果の口癖なのだから、本人の前では言えぬが、鸚鵡と似たり寄ったりの学習の経過を辿《たど》っているのである。

「もういいだろう」も、最初は肉の寝かし具合に関してだけだった。ムハンマドが肉を引き取りに来るのが少しでも遅れると、すかさず「It's enough!」と叫び、憮然《ぶぜん》としたムハンマドが勝手口からやってきて、肉を抱えようと手を伸ばし、長い間の慣れで鸚鵡と同じ台詞を思わず繰り返しそうになり、苦虫をかみつぶしたような顔で流し場に去って行く。そういうことが何度かあった。

が、そのうち、鸚鵡は他の場面でもそのことばを口にするようになった。日光浴のために止まり木を日溜まりに置かれていたのが長くなり、閉口したのか、「It's enough!」と叫んだ。このとき、私はたまたま近くにいたのだが、ひどく感激して即座に止まり木ごと移動させてやった。思えばこのときが、臨界点だったのだろう。私の尊敬を含んだ感激ぶりが、彼の自尊心を甚だ満足させ、大いなる自信へと繋《つな》げたことには間違いない。

それから彼の「It's enough!」はオットーの長広舌を止めさせたり、ディクソン夫人の長い長い「ティータイム」を切り上げさせたり、と、向かうところ敵なしの猛威を振るった。

ムハンマドは所謂《いわゆる》「奴隷《どれい》」の身分ということになっている。

欧米の基督《キリスト》教徒達が、阿弗利加《アフリカ》から奴隷にすべく彼の地の人々を引っ立てて行く様はそれは悲惨なものだったらしいが、回教徒間の「奴隷」は殆ど家族同様で、家事全般に努め、ある時期が来たらかなりの額の年金のようなものを貰《もら》い、自由の身となってその家を出て行く。異教徒の「奴隷」に対しても同じ扱いだ。日本で言う女中、下男の年季奉公のようなものと考えればよいだろう。回教徒は獰猛《どうもう》で残虐性《ざんぎゃく》があるかのように言われることもあるが、欧米とて「奴隷」に対するやり口一つとってみても、なかなかどちらがどうと、断じることは出来ぬものだ。

実際、スルタン——土耳古《トルコ》国皇帝——の皇妃、その母達も全て奴隷階級出身だ。これは近隣の国々の王室と姻戚《いんせき》関係を結んで生じる不利益や危険を避けてのことらしいが、翻って考えれば、そもそも奴隷をきちんと人間扱いしている証拠ではないか。ムハンマドは、今、周りが全て彼の言うところの「異教徒」であるから、殊更《ことさら》自分自身を保つ必要があってか、宗教に関しては片意地なところがあるが、大体の土耳古人は異教徒に頗《すこぶ》る寛容である。むしろ同じ回教徒の中の異なる宗派同士の反目の方が根強いものがある。互いを「異端」と罵《ののし》りあい、敵視しあっている。回教と一口に言っても、細かい教義解釈の違いを弁じ立てられたら、聞いている方にはもう、亡羊の嘆がある。大した違いにはどうしても思えないのだが、本人達からすればどうしても許せない一線なのだろう。

——確かに、このような様々な人種がうようよと肩を並べて歩いていて、暴動が起こらぬのが不思議だ。

木下氏のペラホテルで、すでにだいぶ恢復した氏と、山田氏を挟んで食堂で食事をした。彼の恢復は、彼がこの地の食べ物を受け付けられるようになる過程とほぼ並行してなされていった。

——アルメニア人、タタール人、猶太人《ユダヤ》、細かく人種の違いを述べ立てれば、きりがないよ。アルバニヤ人、伊太利亜《イタリア》国籍の希臘人、独逸《ドイツ》国籍の露西亜《ロシア》人……。三十種を下らないと言うぜ。

——帝国臣民を形成しているのは、土耳古人、猶太人、アルメニア人、希臘人、の四種だ。町へ出れば、それぞれの言語での新聞もある。見ようによっては最も専制的な帝国のはずなんだが、この自由気ままさは、ちょっと故郷の奴らには説明しにくいね。

——制度にしたって、それを徹底させるはずの役人にしたって、いい加減なんだ。国の統制力が弱いということは、暮らす人間にとってはあながち悪いことばかりではないのかも知れない。

——国の力が弱くても、回教の倫理観がまだまだ強いのだろうよ。国の力も弱い、

乱歩、芥川、三島――
本から本へ無限に広がる物語。

雪月花

―謎解き私小説―

北村薫

ワトソンのミドルネームや“覆面作家”のペンネームの秘密など、本にまつわる数々の謎……手がかりを求め、本から本への旅は続く！

693円
137336-2

険者、

プロジェクト・

825円
103262-7

奪還のベイルート（上・下）

ドン・ベントレー
村上和久訳

大統領子息ジャック・ライアン・ジュニアの
孤高の死闘を描く軍事謀略スリラーの白眉。

各781円
247277-4/8

人形島の殺人
——呪殺島秘録——

＊書下ろし

萩原麻里

呪術師の末裔である幼馴染みに連続殺人の容疑が。真実は僕が暴く!!

新潮文庫

825円
180259-6

幽世《かくりよ》の薬剤師 3

＊書下ろし

紺野天龍

悪魔祓い。錬金術師。異界に迷い込んだ薬師・空洞淵は様々な異能と
出会う……。現役薬剤師が描く異世界×医療ミステリー、第3弾。

新潮文庫

737円
180258-9

◎表示価格は消費税（10％）を含む定価です。価格下の数字は、書名コードとチェック・デジットです。ISBNの出版社コードは978-4-10です。
https://www.shinchosha.co.jp/bunko/

今月の新刊

2023.2

この感情は何だろう。 新潮文庫

宗教の力も弱い、となったら、怖《おそ》ろしいことだ。

――この国が昔から異民族に回教への改宗を強要しなかったばかりか、それぞれの教会を再興させたりしたのも、今となれば、感心せざるを得ないね。

――そのことを僕は知らなかった。

――ああ、そうだったらしいよ。

――どの宗教ということに関係なく「信仰」そのものを奨励してきた、とも言えるなあ。

――実は僕はあまり信仰心のない人間なんだ。

私は正直に言った。こういうことを告白するほどには私たちは親しくなっていた。

――僕もだ。日本人以外にはあまり言えないことだが。

山田氏もすぐに白状した。

――それでは君たちはこういうものは持っていないだろう。ちょうどよかった、いいものを進ぜよう。

木下氏が何かごそごそと包みの中から取りだした。見ると数枚のお札である。

――故郷の母が、僕の出発に際して持たせてくれたのだ。これは天神《てんじん》。学問の道に邁進《まいしん》するようにだね。これは不動明王。道中困難を切り抜けられるようにだ。そしてこれが稲荷《いなり》。食い物に困らないように。

そう言って一枚一枚を卓子の上に並べた。隣の欧州人が遠目にちらちらこちらを見ているのが気に掛かる。馴染《なじ》みの字体に馴染みの空気をまとわりつかせて、その守り札はしかしこの場の空気とは完全に異質のものだった。

――一体その御利益《ごりやく》はあったのかね。

山田氏がにやにやしながら問う。

――無論だとも。なんとかここまでやってこれたじゃないか。そして食い物だって君たちが肝心の時に助けてくれた。

稲荷の眷属《けんぞく》にされたのではたまらない。こういうものは苦手だ。私はこの過分な申し出を丁重に辞退することにした。

――いや、そんな大切なものを受け取るわけにはいかないよ。第一、君の故郷のご母堂がわざわざ君のために奔走して手に入れてくれたものなのだろう。母上のお気持ちを大切にしなければならない。

私がそう言うと、横から山田氏も熱心に頷いている。気持ちは一緒と見える。木下氏は更に勢い込んで、

――いや、そういうものだからこそ、君たちに受け取って貰いたいのだ。これだけ

世話になっておきながら、何の札もせずにすましたとあっては、母も立腹するだろう。母のためにも、受け取ってくれ。

思わず山田氏と顔を見合わせる。彼の目に諦《あきら》めの光が宿るのを認める。私も視線を伏せ、了解の意を伝える。気配を察して木下氏は、

――三枚ある。三枚とも差し上げたいところなのだが、天神の札は、もし貰い手がなければ僕が引き続き持っていて良いだろうか。

私も山田氏も勢いよく頷く。山田氏は、

――それはそうだ。君はこれから法学を学びに欧羅巴《ヨーロッパ》へ発《た》つ身だ。大日本帝国のためにも、それは是非とも君に持っていて貰わなくては困る。

――それなら、不動明王の札は、あなたに持っていて貰えまいか。これからこの地で益々《ますます》本格的な貿易を展開するのだろう？　先々の困難の少しでも減ぜんことを祈って。

そう言って、山田氏に何やら不可解な梵字《ぼんじ》の付いたその札を押しつけた。山田氏は観念したのか、

――いや、これはどうも。

と口ごもったきり、黙ってしまった。私は慌てた。それではこちらは稲荷か。始末

に困る代物《しろもの》だ。冗談じゃない、ありがた迷惑とはこのことだ。私は何とか話を逸《そ》らそうと試みた。

――貿易会社を設立、とは知らなかった。山田さんは確か、陸軍の士官候補生たちに日本語を教えていると聞いていたが……。

――それもまだやっている。けれどやはり、もっと民間同士の交流がなされるべきだと思っているのだ。そのために頻繁に両国からの行き来があった方がよい、と。何かきっかけがなければ、お互いの興味も湧《わ》くまい。興味が湧かなければ、情の通わせようもないじゃないか。実は前から細々と手探りで始めていたのだが、いよいよ店を新たに構えようと思うのだ。

――成程。

私は大いに感心した。話を聞けば、すでに朝廷政府ともそのことについては了解済みで、場所まで決まっているとのこと。

――後は関税などの諸手続の交渉なのだが、これももうじき終わりそうだ。この春には手配のために一度日本に帰らねばならない。

私は彼の行動力に賛嘆を禁じ得なかった。何か私に手伝えることがあったら、と口に出そうとすると、

――おお、そうだ。

と、木下氏が懐《ふところ》から財布を取りだした。そして暫《しばら》く指先をその財布の一点に集中させていたが、やがて、

――ああ、やっと外れた。

という安堵《あんど》の声と共に顔を上げた。指先には小さなキツネの人形がぶら下がっている。

――根付けだ。この守り札に付けよう。

そう言って、有無も言わさず、その稲荷の根付けと守り札を私の手に押しつけた。

――京都のさる寺の門前横に小さな稲荷神社がある。これが実は日本最古の稲荷だ。お堂の中を覗《のぞ》くと真っ暗な中にぼうっと白いキツネの像が浮かび上がっている。それがこの上なく不気味なんだ。小さい頃一度連れて行かれて三晩熱を出してうなされたぐらいだ。このお札はそこのものだ。

何故わざわざそんなものを、と恨めしくなる。木下氏は念を押すように、

――だからね、力のあるものには違いないんだよ。

――そんな大切なものだったら……。

と、私も与えられたものを返す仕草をしてみせて、詮《せん》ない努力を試みるが、

——いや、一度差し上げると言った以上、引っ込めるわけにはいかない。どうか大事にしてやってくれたまえ。

と言いつつ、両手でお札を載せた私の手を包むようにしてこちらに返してくる。

実は稲荷は苦手だ。

昔、親戚の家の中庭に小さな稲荷の祠《ほこら》があり、冗談半分に小便をかけたことがある。その晩から百日咳疱瘡喘息《ひゃくにちぜきほうそうぜんそく》と、押すな押すなの病の大盛況で、これはと感づいた祖母が近所の拝み屋に判じて貰ったところ、先の罪過が明るみに出たのである。即座に祖母は、虫の息の私の手を引き、祠の前で叩頭《こうとう》して謝らせ、水できれいに流し浄《きよ》めた後、用意してきた赤い前垂れを三つ、キツネの像にそれぞれ結び、油揚げを供えて許しを請うたのであった。そんなものが効くかと思うが、あにはからんや、どんな医者も治せなかった私の病はその日を境に急速に軽快していった。

油揚げはともかく、キツネが何故赤い前垂れを欲しがったのか、不思議に思った私は祖母に訊いたが、そんなことが訊ける立場かと叱《しか》られた。よって未《いま》だにそれは不明である。

爾来こういう信心の類《たぐい》には近づかないことにしていたのだ。それなのに、今日はとうとう向こうから飛び込んできた。

私はすっかり憂鬱《ゆううつ》になって帰途に就いた。

下宿に帰ると、ディクソン夫人が待ちかねたようにして、私に向かって突進してきた。

——ああ、ムラタ、ハムディベー氏のところのお茶会の招待状が来たのだけれど、貴方《あなた》の名前も書いてあるのよ。ほらね、やはりハムディベー氏は忘れていなかったのよ。

と言いつつ、自分に来た招待状を見せた。薔薇《ばら》の絵が一部透かしで入った美しいカードで、今日から約二十日後の日時と場所が書いてある。お宅に下宿されているムラタ氏も是非お連れになって、と書き添えられてある。

——貴方にも同じ封筒が届いているから、きっと同じ内容でしょう。

渡された封書を開けると成程同じ内容だ。美しい装飾文字で、見るほどにため息が出る。

——晩餐《ばんさん》会というわけではないのだから、服装なんかは殆ど心配する必要はないのよ。でも、もし、お国の民族衣装を持ってらしたら……ああ、そう、持ってないの。大丈夫、かまわないわ。

女性が浮かれている様は、なぜ私の意気をこのように消沈させるのか。不思議だが、ディクソン夫人の鼻唄《はなうた》を歌わんばかりの機嫌の良さは私を益々憂鬱にした。ハムディベー氏やその御家族に親しく拝眉《はいび》出来るのは、私の乏しい教養にどんなに資することになろうかと一方では有り難く思うのに。

私は階段を上がり、自分の部屋で外套を脱いだ。ああ、と思い出して稲荷の札と根付けを机の上に置いた。持ち歩く気には到底なれない。部屋に飾っておく気にもなれない。かといって、捨てると厄介なことが起こりそうな怖れも、正直に言うと心の何処《ど》か《こ》にある。

ため息をつき、ふと顔を上げると、漆喰の壁の割れ目が目に入った。……とりあえず、この根付けをあそこに埋め込んではどうだろう。それは全く打ってつけの考えのように思えた。私は早速その小さなキツネを無理に割れ目に押し込んで漆喰の粉で覆《おお》った。

よし、これはこれでいいと。あとはお札だ。

そのとき、下から私を呼ぶ声がした。返事をして下りて行くと、ディクソン夫人とムハンマドが不安そうに食堂の天井を見つめている。天井から、とてつもない大きさの何かが走り回っているような、すさまじい音が聞こえる。

——どうしたんですか。

――どうもこうも。あなたが上に上がって暫くしたらこの騒ぎよ。てっきりあなたに何かあったのかと思ったら、そうでもなさそうだし。これは一体……。

確かに、音は私の部屋の辺りから聞こえてくる。私は胸騒ぎがした。もしや……。私は木下氏に貰ってきた稲荷の札と根付けの一件を話した。稲荷は日本にいる八百《やお》万《よろず》の神々の一つであるとして。

――ああ、それだ、牡牛《おうし》に追いかけられているのだ。

ムハンマドが呟《つぶや》いた。私は慌てて階上に駆け上がった。部屋では何も聞こえない。壁の中の根付けを掘り返し、下に持っていった。静かだった。

――どうです？

――あなたが上がっていってすぐに音は止《や》みました。

ディクソン夫人が厳かな顔で言った。

――ではやはり。でもまさか。

私は半信半疑だった。

――牡牛のような地響きと、もっと軽やかな足音でした。

ディクソン夫人は目をつぶって胸の前で十字を切った。

――埋め込むような真似《まね》はしないで、きちんと机の上にでも飾ればよいのですよ。

私たちは——特にムハンマドは——そういう偶像崇拝のようなことはお断りですがね。折角お国からいらした神なのですから、それなりに労《ねぎら》って差し上げたらどうです？　そうそう、今度のお茶会に、持っていってみなさんに見て頂いては。日本の神々の像なんて、しかも動物の神なんて、きっと珍しがられると思いますよ。

ディクソン夫人の気分はまた高揚してきたようだった。私は少しくうんざりしてきた。

——これはこれでそれなりに神聖なものなのです、ディクソン夫人。貴方がたには未開のものと映るかもしれませんが。

ディクソン夫人は真っ赤になった。

——おお、ムラタ！　私が悪かったわ。そんなつもりじゃなかったのよ。

私はひどく自分が皮肉な口調であったことに気づいた。

——ああ、いいのです。もちろん、そんなことは分かっています。

——いいえ、私が悪かった。信仰ということは誰にとってもかけがえのないこと。

——いいえ、別に私がそのキツネを信仰しているわけではないのです、それは断じて。ただ、そういう風土で育ってきたので、どこかそれに対して畏《おそ》れるような気持ちも確かにもっている、それは確かです。

――ええ、ええ、無理もないことだわ。

ディクソン夫人はもの分かりよく優しく言ったが、私にはそのとき、どうもそれが偽善のように感じられてならなかった。若《も》しくは未開の人間をなだめるような、甘やかして機嫌をとるような先進国の優越。

一体どうしたことだろう。私は黙って二階へ上がった。やがてムハンマドがドアを叩《たた》き、入ってきた。彼は机の上のお札と根付けに目を遣《や》り、一瞬黙礼した。こういうことが、彼にとってどういうことか分かっていたので、私は有り難く思った。回教では神の像はおろか動物の像でさえつくることは許されていなかった。況《いわん》や異国の、しかも動物の神など本当はおぞましい限りに違いないのだった。

――エフェンディ、夫人が茶会の返事をイエスと出しておいて良いかと聞いている。

私は、もちろん、と答えようとした。が、口は違う言葉を叫んだ。

――私は珍奇な動物のように引き回されるのは嫌だ。人間として扱って欲しいのだ。

自分で叫んで自分で驚いた。何故このような言葉が出てきたのか我ながら訝しく思う。珍しい人種を見ればそれをよく知りたいと思う、その好奇心は私にも覚えがあるし、私自身も、他人が私に対してそういう思いを抱くことについて、至極《しごく》真っ当なことと許してきたのではなかったか。

私はすっかり混乱して寝台に腰掛けた。

――すまない。声を荒らげるつもりはないし、こんなことを言うつもりもなかったのに。

――キツネのせいだ。

ムハンマドが真面目《まじめ》な顔で頷《うなず》いた。

――おまえはここにいてもいいのだと、キツネによく言って聞かせることだ。

私はムハンマドの顔をしげしげと見た。その半生の殆どを「奴隷」として生きた、深い皺《しわ》の刻まれた顔だ。

――ああ、そうしよう。

私がそう答えると、ムハンマドはいつものようににやっと笑い、じゃあ食事が終わったらカフェへ行こう、エフェンディ、と誘った。

十二　雪の日

昨夜から雪が降り積んで、朝起きたら一面の銀世界だ。

階下に下りたら、鸚鵡が此方《こちら》を認めて、

――おう、友よ！

と叫んだ。何を期待されているのか、と周りを見渡すとムハンマドがいない。ムハンマドだけではなく誰もいなかった。まさか、この雪に浮かれて外へ出ているのでもあるまい。不審に思いながらも、とりあえず、卓子の上で朝日を受けて光っている真鍮《しんちゅう》のサモワールに火をつけ、湯を沸かした。鸚鵡の視線を痛いほど感じる。仕方なくムハンマドがいつもやっているように、戸棚の鸚鵡の餌《えさ》用の袋から、種を一掬《ひとすく》い皿に移してやった。南瓜《カボチャ》や向日葵《ひまわり》など数種類の種が混ざったものである。

平和な朝だ。サモワールは目の前でシューシュー湯気を立てている。鸚鵡は満足げに種を啄《ついば》んでいる。雪の反射で普段より強くなった朝の日の光は、レェスのカーテン越しに室内に降り注いでいる。一人で勝手に紅茶を淹《い》れ、パンを焼きながら、そうだ、今日は日曜だったのだと思い出した。ディクソン夫人が教会へ行く日だった。普段は馬車を呼んで通っているはずだが、きっと、今日は雪道で不都合が起こったときのためにムハンマドも連れていったのだろう。午後からは共にハムディベー氏のところへ行くはずだから、それまでには帰ってくるだろう。そう見当をつけて、皿を片付けていると、オットーが眠そうな目をこすりながら、下りてきた。それからその目が中庭の雪景色に釘付《くぎづ》けになった。

——村田！　表に出ろ！

朝の静寂を楽しんでいた私は、オットーに追い立てられ、いやいや外へ出る羽目になった。するといきなり雪玉をぶつけられた。オットーは体中で笑っている。おお、異国でも同じようなことをするのか、と、すっかり興奮が伝染して、私は持ち場を固めるべく四阿《あずまや》の陰に身を寄せ、逆襲を狙おうとしたが、追ってきたオットーは雪の固まりを私の首筋に押し込みながら組み付いてきた。あまりの冷たさに思わず声を上げながらも、同じことをし返してやった。向こうも悲鳴を上げ、両手一杯の雪を摑《つか》んで私の顔全体にこすりつけた。

——何を騒いでいる。

窓から顔を出したのはディミィトリスだ。目が面白そうに輝いている。私とオットーは一瞬の目配せで同盟を結び、ディミィトリスを雪の上に引き倒し、襲いかかった。組んずほぐれつしていたが、ディミィトリスは素早く抜け出し、通路の戸のところで体勢を立て直すと、にやりと笑いながら強烈な雪玉を投げてきた。危うく当たるところだったが腕をかすって飛んでいった。負けじと応戦する。吐く息が白いが、体はどんどん熱くなってゆく。雪の中で動くのは体力の消耗が甚だしい。積もっていて気づかなかった窪《くぼ》みや煉瓦《れんが》に足を取られ、ひっくり返ったのを潮に、私は仰向《あおむ》けに降参し、もう動くつもりのないことを表明してみせた。

吐く息が荒く、白く空中に溶けてゆく。どうやら他の二人も同じように休息をとっているらしい。

――なかなかやるじゃないか、村田。おまえの国でも同じような遊びがあるのか。

――ある。

――ほう。雪が降るのか。

――降る。

――しかし夏にも大雨が降るそうじゃないか。

――降る。

――変わった気候だな。

――そうだろうか。

未《いま》だかつてそれが変わっているとは思わなかったが、そういえば日本というのは随分湿気の多い国なのだと改めて思った。就中《なかんずく》、私の郷里は雪の多い地方だったので、雪玉投げなどはしょっちゅうやった。今となれば懐《なつ》かしくほほえましいが、子どもにとっては真剣な遊び場争いでは、雪玉の中に石を仕込んだりしたものだ。そのことを言うと、

――俺たちもやった。

と、オットーは眉間《みけん》の傷を見せた。

――何を仕込むかが、問題なのだ。

オットーはそう呟いて、それから一呼吸おき、

――俺たちのギムナジウムと隣町の商業科高校は、ずっと反目し合っていたんだが、何かの加減で比較的友好的な時代があった。休日に町を歩いていると、通りかかったアパートの窓から雪玉が投げつけられた。そのアパートは商業科高校の生徒の家だってことは皆知っていた。俺たちは一瞬緊張したね。挨拶《あいさつ》としては随分手荒じゃないか。またもや宣戦布告か? しかし一人が素頓狂《すっとんきょう》な声を上げた。「おい、キャンディーだ

ぜ」崩れた雪玉の中から人数分のキャンディーが出てきたんだ。

——いい話だなあ。

私は思わず感嘆した。

——そう単純ではないよ。投げられた雪玉にはやっぱり攻撃性があるんだ。ディミィトリスの物憂《ものう》げな言葉の調子で、彼が眉間に皺を寄せているらしい様子が察せられた。オットーは、

——そうなんだ。俺が感じたのは、そのときはまだ子どもではっきり言葉でそう思ったわけではないが、文化的な「したたかさ」みたいなものだ。それは、洗練、というものとはまた違う、泥臭い土着の知恵のようなものだ。戦略的、とでもいうか。似たようなことを言っているように聞こえるが、ディミィトリスは繊細で直観的、オットーはそれとはほど遠く、ただ単にどんなときでも理が先行するだけだ。そして私はと言えば、

——いや、やはりいい話だ。僕は雪玉の中にあめ玉が仕込まれていた経験など全くない。うらやましい限りだ。

自分で言いながら、おめでたさに呆《あき》れてしまう。

——貴方がた、そんなところで横になって！

ディクソン夫人の悲鳴に近い声で、皆飛び起きた。

——風邪を引きますよ。

——世界大戦だったのですよ。結局全員あえない最期《さいご》。

オットーが軽口を叩《たた》いた。ディクソン夫人は血相を変えた。

——冗談でもそんなことを言わないで頂戴《ちょうだい》！

それがあまりにすごい剣幕だったので、我々はしゅんとしてしまった。実際昨今の世界情勢には、我々が戦場で相見《あいまみ》えて戦うことは決してない、とは言い切れないものがあった。

——男って、本当にどうしようもないわ！

ディクソン夫人の怒りはなかなか収まらなかった。

それでも昼過ぎになると、「勘気」もだいぶ解けたと見え、茶会へ行くので馬車に乗るように、と二階の私に届いた声は夫人平生の調子だった。返事をして、外へ出た。

雪の照り返しで外は眩《まぶ》しいほどだ。

ハムディベー氏の邸宅は欧羅巴人界の方にある。雪のスタンブールの美しさは喩《たと》えようがない。道路の汚泥《おでい》が見事に隠されるからである。ガラタ橋の上は相も変わらず混雑していた。やがて坂を上り、樹木がまるで公園のような静けさを醸《かも》している邸宅街へと向かった。

——ああ、ここよ。大きなお屋敷。

ディクソン夫人が右手を指して言った。

馬車が門を過ぎて前庭に入ると、雪はすでにきれいに庭の隅に寄せられていた。中央には糸杉の木立が聳《そび》えており、それをぐるりと周遊する形で車道が延びている。宮殿とまではいかないが、荘厳《そうごん》な風情《ふぜい》である。馬車が車寄せに止まると、ボウイがやってきて、ディクソン夫人の降りるのを手伝った。大理石の階段を上り、ボウイの礼に思わず礼を返し、玄関のドアを入ると、ホールは天井高く、レリーフが施してあり、床は寄せ木細工、奥に続く薄暗い主廊下の天井には硝子《ガラス》細工の照明が吊《つ》られている。私達が示されたのはその左横に下りて行く数段の階段で、別のボウイが重厚な面取り硝子をはめ込んだドアを開けると、陽光燦々《さんさん》たる居心地の良さそうな部屋が広がっていた。入ると暖かい。そこで暫く待つように言われた。

——明るい部屋ですね。やあ、温室とくっついているのか。

大きな硝子戸で仕切られた向こうには、南の方の産と見られる観葉植物が犇《ひし》めいていた。

——素晴らしいでしょう？

ディクソン夫人は硝子戸を開け、温室に下りた。床はタイルで、古い文様だ。まさか遺跡のものではあるまいけれど。私も後に続いた。

――緑の匂《にお》いがするわ。

ディクソン夫人はうっとりした声で言った。冬枯れの季節にこのような豊かな緑を保っていられるというのは、やはり財力なのだろう。突然、ディクソン夫人が驚きの声を上げ、すぐにそれは喜びの調子を帯びた。

――ああ、びっくりした、セヴィじゃないの、まあ、何でこんな所に。

――土の様子を調べてたんです。

セヴィと呼ばれた――若い――ヘジャーブを被《かぶ》っていない――女性は立ち上がって、ディクソン夫人に抱きついた。

眼前で繰り広げられたこの光景に、私は文字通り面食らった。此方《こちら》へ来てから若い女性など、殆《ほとん》ど目にしたことがない。たまに目にしても彼女らは布で覆いをかけられ、まるで正体が分からない。目の前の女性は、明らかに土耳古人と見受けられた。まるで禁忌を犯したかのように、慌てて目を逸らしたので明確ではないが、非常な美人、と推察した。

――シモーヌに呼ばれてきたんです。ディクソン夫人がいらっしゃるからって。

——お付きの人達は？　来てるんでしょ？

——彼女達はお付き部屋で待ってるわ。私が此処《ここ》に来ればどんな風かって、うすうす分かってるだろうけど、何も言わない。利口な人達。

そこで、彼女は私に気づいたらしく、

——あら？

と、ディクソン夫人を促した。ディクソン夫人は、後ろを振り向き、すっかり忘れていた、というように慌てて、

——ああ、こちらはムラタといって、日本から学問のためにいらっしゃったのです。私の下宿にお住まいなんだけれど、博物館で、ハムディベー氏とも懇意になさってるので、一緒に招かれたというわけなの。ムラタ、こちらはセヴィム、私達はセヴィと呼んでいます。小さい頃から外国で育って、此処のご家族とも、お父上同士が同じ職場だったので、その頃からお付き合いがあったのよ。でも数年前にご両親が事故で亡《な》くなられると、スタンブールの叔父さんの所へ引き戻され、すぐにお金持ちの所へお嫁に行かされたの。私とはそれからのお付き合い。彼女は結婚後も語学や文学に興味を持って、有志の女性をこっそり集めて、サロンを開いているの。私はそこに呼ばれるようになったというわけ。彼女を通じて此処のお宅とも知り合いになったのよ。

ディクソン夫人の口上が一旦終わると、セヴィムは真《ま》っ直《す》ぐ此方を見て――まるで明けの明星のような瞳《ひとみ》で――何と片手を差し出した。

――初めまして、ムラタ……エフェンディ。

彼女の手を取る私の手のひらは、汗で冷たくなっていたに違いない。

――初めまして……セヴィム。

――セヴィで結構です。

――では、私の方もエフェンディはとって下さい。

それを聞くと、セヴィは、

――分かりました。それでは、ムラタは、ディクソン夫人の下宿の住人でいらっしゃるのですね。

と言って、またもやあの黒曜石のような瞳で私をじっと見つめた。波打つ漆黒の髪。烏《からす》の濡《ぬ》れ羽色とはまさにこのことだろう。くっきりと紅の映える厚みのある唇に、華《きゃ》奢《しゃ》でいながら量感のある肢体。私はこのとき、何故彼女たちがヘジャーブの中に封印されているか、正しく理解したように思った。その存在で圧倒されるのだ。こんな官能的なものが何の覆いもかけられずに巷《ちまた》を闊《かっ》歩《ぽ》していたら、回教の倫理道徳にとって破滅的な脅威以外の何ものでもない。神との誓いは守られなければならない。頼むから何か被っていてくれないか、と懇願したくなるのである。ちょうどそのとき、まるで助け船のように、ボウイが、此方へどうぞ、と、来たときのドアとはまた別のドアを開けて呼んだ。これ幸いと、その場から小走りで出ようとすると、ディクソン夫人にがっしと腕を捕まれ、

——肘《ひじ》。

と囁《ささや》かれた。おお、そうであった、と、くの字形に曲げた肘を差し出し、夫人の歩行を助けた。慣れないことをすると緊張する。尤《もっと》も夫人の方は、頗《すこぶ》る愉快そうだったが。

通された部屋は、対照的に少し暗めで、人の二、三人、十分入れるような構え付きの暖炉に赤々と炎が揺らいでおり、その炎の影が効果的に漆喰の壁に躍っていた。暗いと感じたのは今まで明るい場所にいたからで、本当はそうではなかったのかも知れない。ハムディベー夫妻とその令嬢と目される三人が、にこやかに声を掛けた。

——もう、セヴィとは紹介がすんだようですね。

氏はそう言って、令嬢を私に紹介した。ハムディベー氏の御令嬢方の中で、御長女とは今までお会いしたことがなかった。夫人も令嬢も、ディクソン夫人と同じ西洋風の衣服を纏《まと》っている。先代の時に基督教に改宗したのだそうだ。もちろん顔など隠し

てはいない。誰も恥ずかしがったり物怖《ものお》じしたりもしない。

ここはまるで西洋だ。開かれている代わりに、暗黙の規則が縦横に張り巡らされているようだ。光沢のある白い布をかけられた卓子の上には、厚みのある焼き菓子類や、クリイム、ジャムにバタなどが、所狭しと並んでいる。眩《まばゆ》いばかりの銀ポットで淹れられたのは、ディクソン夫人曰くところの「ティー」である。土耳古式の、番茶を親の敵《かたき》とばかり煮出したようなチャイではない。

――お国でのお茶はどんな風です？

氏が私に訊《たず》ねた。

――まず色が違います。それから砂糖やクリイムなどを入れて飲む習慣はありません。

――どんな色なのですか。

――黄に近い明るい緑から濃い緑まで。

――ほう。

氏の瞳の奥が光を放った。

――支那《しな》茶とは違うのですな。

――違います。

――ほう。

――よろしければ今度持ってきましょう。友人の日本人の所にある。

――それは嬉《うれ》しい。

氏はにっこりされた。

――日本という国には前々から興味を持っていたのです。礼節を尊び、正直で進取の気象に富んでいるという。

――ええ、それはムラタそのものですわ。

ディクソン夫人が自慢げに言う。

――お褒めに与《あずか》り光栄です。そうありたいものだと思っています。

私は恐縮した。

――日本での革命はどんな風でしたの？　新しい王様は民主的でいらして？

シモーヌ、と西洋風に呼ばれている、先程紹介されたばかりの夫妻の長女が訊ねた。瞬間、場の空気が少し緊張したようだったが、それは当方が答えにくい話題かも知れぬと気を回してのこと、と解釈した私は構わず答えた。

――新しい王、ではないのです。むしろ古い王家に政権が返されたようなもので、革命という言葉は妥当ではありません。

――交代した、というようなこと？

――ええ、単純に言えば。

――まあ！

頰を紅潮させて身を乗り出したのはセヴィである。あまりこちらに身を乗り出さないで欲しいと密《ひそ》かに困惑する。

――そういうことが可能なの？　ということは、先の王家は、それまでその古い王家をずっと絶えさせないで存続させていたということ？

――まあ、そういうことです。

と答えながら、そういえば、と私は土耳古王朝の血塗られた歴史を思い出した。

――そして、政権が返されたときに返した方の王家はどうなったんですか？

――どうなったって……。数ある華族の家の一つになっただけのことです。要するに名実共に臣下に戻ったというわけで。

ほう、というため息とも感嘆ともとれない声が一斉に漏れた。

――それで収まったのですか？

氏が今度は微笑《ほほえ》みも浮かべず訊《き》く。

――上の方の人達は話し合いで納得したようですが、その下の方というのは、実はなかなか大変で、確かにあちこちで小競《こぜ》り合いや乱も起こりましたが、国がひっくり返る程の大事には至りませんでした。

――それは非常に奇跡的だ。そのような大変革のときに、あの欧米列強の、死骸《しがい》に群がる禿《は》げ鷲《わし》のような――ここで、ディクソン夫人に軽く、失礼、と会釈《えしゃく》する。ディクソン夫人、鷹揚《おうよう》に会釈を返す――連中が黙ってみているわけがない。よくもまあ、乗っ取られずに乗り切れたものだ。

氏はしきりに感心しておられた。私などはまだ生まれてもいない時代のことで、窺《うかが》い知る立場にもないが、成程、当時、国を動かした人々は余人には計り知れぬ深慮があったのやも知れぬ。

――……やってやれないことはない、ということだわ。

シモーヌが呟き、セヴィがにやりとした。ハムディベー氏の夫人は大慌《おおあわ》てで、

――このお転婆《てんば》娘達、お客様に呆れられますよ。ディクソン夫人、クロテッドクリイムはいかが。

――何て懐かしい。若い頃デーボンへ旅行したときのことを思い出すわ。もちろんいただきますとも。

夫人は厚めの焼き菓子を二つに切り、ジャムとクリイムを載せ、口に運んだ。

——気絶しそうだわ……。

あまりに満足そうにうっとりと言うので、場は一気に笑いに包まれた。そのまま話題はディクソン夫人の若き日の冒険談へ移り、茶会は和やかに続き——途中、ハムディベー氏がシュリーマン氏を酷評したのには少し反論したが——夕方近くになって、ご家族のお見送りを受け、私たちは帰宅の途に就いた。

屋敷を出るとき、セヴィがヘジャーブを纏ったのが印象的であった。もうそれで、彼女はすっかり個性を消すことが出来るのだ。シモーヌがからかい半分で私に、

——これで案外便利なのよ、ヘジャーブは。恋人に会いに行く途中に旦那《だんな》さんと会っても、それが自分の奥さんだと分からないんだから。たとえ目の前を通り過ぎてもね。

と言った。ヘジャーブの中のセヴィの反応は分からなかった。

帰りの馬車の中で、ディクソン夫人に、

——セヴィは変わっていますね。本当にムスリム夫人なのですか。

と訊くと、

——そうよ。第三夫人だけれど。ご主人は年寄りで、しかも年のうち大半は貿易の仕事で家にいないから、まあ、気楽と言えば気楽。シモーヌとセヴィ、ディミィトリ

スは、幼馴染みなの。政治向きのことが昔から彼女達の関心事だったって、いつか夫人がこぼしておられたわ。

ディクソン夫人は、茶会のときにはついぞ見せなかった暗い表情で呟いた。

――これ以上世の中がきな臭いことにならなければいいけれど……。

馬車はガラタ橋を渡って行く。海は不気味な暗緑色の渦を巻き、遥《はる》か丘の向こうには、黒の勝った灰色の雪雲が、静かに此方を凝視しているようだった。

十三　山犬

妙な夢を見た。牡牛の角や牡羊の角、それに稲荷《いなり》までが加わって、何やらしんみりと考え込んでいるのだった。稲荷はともかく、牡牛や牡羊の角が考え込むなど、有り得べからざることのようだが、中空に浮かんだその微妙な角度と沈み込んだ気配、三者の妙に馴《な》れあった位置関係が、私をしてそう印象づけたのだろう。実を言うと、それは夢のようではなかった。夜中にふと目を覚ますと空中にそういう光景が浮かんでいたのだ。窓の外から何かの光が入ってきて、それがまた何かに反射してそういう幻影を作り出すのではないかと、目を凝らして見た。しかし角はどこまでも角らしく、稲荷は尻尾《しっぽ》までふさふさと、手を伸ばせば届くかのようだった。それは目の錯覚であるべきだ、錯覚であって欲しい、その証左をとらまえよう、と、金縛りにでもあったように、微動だにせずまじまじと凝視したのだが、結局私の五官の範囲内では確たる判断は下せぬという結論に達した。ああいうことは夢であってくれねば困る。しかし夢であるとしても奇怪な夢である。

その朝、雪解け道を博物館まで通い、資料室で新しい発掘品の台帳を記入していると、山田が慌ただしくやってきて、

――埃及《エジプト》から夕方日本人がやってくる。迎えに行くことになっていたのだが、これからスルタン直々のお召しがある。場合によっては間に合わないかも知れない。すまないが、木下君とガラタ埠頭《ふとう》まで代わりに迎えに行ってはくれまいか。

合点承知、と請け合うと、今度の船で羽二重五十反、味噌《みそ》も来るぞと囁いてまたすぐに帰っていった。後ろ姿にすっかり貿易商の風格が出てきた。

木下はもう殆ど恢復《かいふく》しているのだが、受け入れ先の独逸《ドイツ》からの連絡がはかばかしくなく、オットーに独逸語を教わるなどして、日々君府で研鑽《けんさん》を積んでいる。山田が貸家を借りると彼もペラホテルを出て、今そこに転がり込んでいる。

夕方、ガラタ埠頭でその木下と落ち合った。日がだいぶ傾いて、風が鋭く冷たい。私達は外套《がいとう》の襟を立てて、対岸のハイダルパシャ駅から連絡する船が着くのを待った。客人は埃及・アレキサンドリアを出航、いくつかの島を経て、スミルナに入り、そこから鉄道でハイダルパシャまでやってくるはずだった。埃及は暑いだろうに、彼は冬

着の備えがあるのだろうかと木下と話し合った。

――そういえばまだ名も知らない。迂闊《うかつ》なことだ。

と呟けば、さすがに木下は私よりも情報を持っており、

――清水義勝《よしかつ》、という建築家らしい。欧羅巴《ヨーロッパ》帰りで、セイロン島にも寄ってきたのだという。しかしよりによってこの冬の難儀な時季を選ぶとは。

それは本当にそうだ。青湊《あおばな》を垂らした裸足《はだし》の子ども達が、どこから湧いてきたのか、波止場に集まってきた。それと同時に凍り付いた空気を震わせるように汽笛の音がして、我々は沖合に目を遣った。白い船が此方に向かっていた。

――あれだな。

――あれだ。

船がいよいよ近づくと、係員が慣れた手つきで接岸させ、やがて乗客が降りてきた。日本人はすぐに分かった。白い帽子を被っている。心なしか緊張の面もちだったが、此方と目が合うと、顔をほころばせた。途端に子ども達が寄ってきて、「荷運びのご用は」と言い募る。清水氏、と目される人物は首を横に振り、目で私たちを指した。子どもは諦《あきら》め、次の乗客に向かった。

――やあ、ご苦労です。

私が声を掛けると、向こうも、足早に寄ってきて、

――山田さんですか。

――いや、生憎《あいにく》山田氏は急用が出来て。くれぐれもよろしく、とのことでした。今夜中にはお会い出来るだろう、と。

そう言って私と木下は自己紹介した。清水氏は、頷き、

――清水です。とにかく、日本語が通じて嬉しい。

――土耳古《トルコ》語もお分かりですか。

――今の子どもですか。いや、何、トランクを見ていたので、ポーター志願だろうと見当をつけたまでのこと。バクシーシでないところが感心だ。カイロではどこもかしこもバクシーシ、バクシーシ、で。ろくに歩けもしないほどです。

そう言って西洋風に我々に握手を求めてきた。人品骨柄共に卑《いや》しからざる人物である。

――寒くはありませんか。

木下が気遣った。外套なしの背広姿で、それも麻ではないにしろ、目の詰んだ生地には見えなかった。

――寒いですね。まさかこれほど風土の違うものとは。

そういうわりには泰然自若として見えた。

——とにかく、山田氏の家へ案内します。

我々は街路に出て辻《つじ》馬車を拾うと、ペラ地区の山田の借家まで急いだ。山田の家は

彼の好みもあって、しつらえが土耳古風になっている。戸を叩くと、留守を守ってい

た手伝いのチェルケス人が笑みを浮かべて出てきた。同居人の木下とはすっかり懇意

になっているらしく、彼が何か囁くと奥に消えた。靴を脱ぎ、中へ入ると、そこは居

間で、日本の布団《ふとん》を丸めたような背もたれのある座でくつろぐ形になっている。床に

は波斯絨毯《ペルシアじゅうたん》が敷かれている。真ん中に、土耳古風の火鉢がおいてある。日本のものと

違うところは、足が付いており、高さが随分あるのと、穴の開いた蓋《ふた》がついていると

ころだろうか。炭を入れるところは同じである。先ほど奥に消えたチェルケス人が、

火のついた炭を専用のバケツに入れて持ってきて、かなりの量を豪気に入れた。途端

に部屋の空気が柔らかくなったように思えた。

——いや、やはり落ち着きますな。

勧められ、胡座《あぐら》になって清水氏は言った。私は氏が、欧州からの帰途に埃及に寄ら

れたのだという話を思い出し、

——欧州にはどれくらいおられたのですか。

──ほぼ二十ヶ月ほどですか。

勝手知ったる、とはまさにこのことだろう、木下が日本茶の準備をして現れた。

──これは、恐縮です。

──私も、内陸を旅して此処に辿《たど》り着いたときは哀れな有様で。いや、清水さんはそんなことはないが。そのときこの村田さんや山田さんに世話になり、感激したものです。

木下は、だから順番で親切を回すのだ、気にするな、と言いたかったのだろう。清水氏は、久しぶりの緑茶に、うーんと唸《うな》った。

──いいものですな、やはり。

──セイロン島にも行かれたとか。

──ええ、埃及滞在中に何度もアラービー・パシャの話を聞きまして、これは是非会っておきたいと思ったのです。

──アラービー・パシャ、とは。何度か名前は耳にしたことがあるが、詳しくは知らないのです。

私が訊くと、

──革命の士、です。今から十八年ほど前、埃及は英国の経済支配下にあった。英国は利権が思い通りに吸い上げられる場所として、埃及への干渉を続けていた。スエズ運河も手に入れ、阿弗利加《アフリカ》進出の足がかりとしても埃及を放っておくことが出来なかった。埃及国は外債の利子返済もままならぬ状態、農民が次々餓死していっても税の取り立てを止めない、支配者層は民のことなど何も考えていない。そういうときにアラービー・パシャは「埃及人のための埃及」を叫んで立ち上がったわけです。革命は成功したかに見えた、が、すぐに英国に軍事制圧され、以来パシャはセイロン島に幽閉されたままなのです。そして治安恢復のためと称して英国軍はそのまま埃及に居座り、埃及は英国の半属国となってしまった。あの地での白人達の栄華の極めぶり、そして貧困にあえぐ埃及人の有様。白人の現地人に対する家畜のような扱い。しみじみ、国というものはこうなってはいけない、と思いました。

そのとき、ドアが開いて山田が帰ってきた。

――やあ、清水さんですか。今日は失敬しました。山田です。

清水氏は立ち上がり、右手を差し出して、

――ご友人にすっかりお世話になりました。

二人は握手し、共通の知人の消息など教え合い、また座に着いた。そこへ先ほどのチェルケス人が、茹《ゆ》でただけの野菜、焼いただけの魚、それに何と徳利と杯を運んで来た。

——どこに隠してあったんですか。ここではラク酒しか見なかったが。

木下が責めるように言う。山田がにやりとして、

——こういうときのために取っておいたのだ。

——いい加減脂《あぶら》っこい物にうんざりしていたのです。これは助かる。

清水氏が蕪《かぶら》に素手を伸ばそうとする。

——ははあ。だいぶ埃及の風俗に慣れましたね。

——おっと、これはまた失敬。

——いや、構いませんよ。それは頗《すこぶ》る土耳古風でもある。

——そうでしたか。いや、慣れると、触覚というのもまた、視覚と共に食欲をそそるものだということが分かってきました。うまそうな手触り、というものがある、ということが。

——成程。ところで何の話をされていたのですか。

山田は酒を注ぎながら訊く。

——熱燗《あつかん》ですね。燗の仕方を教えておいたのですか。ああ、話、アラービー・パシヤの話です。

——清水氏はセイロン島にパシャを訪ねられたのだ。

と、私が補足する。私にも杯が回ってくる。酒が注がれる。

——アラービー・パシャは大した人物だそうですね。そしてまた親日家という話だ。

——ええ、欧米は、日本に、産業を振興させ国富増強のためにどんどん金を借りるべきだ、と外債を募集させようとするだろう、その手に乗ってはいけない、と繰り返し言っていました。

——そうだ、結局埃及もそれで食い尽くされていったようなものだものなあ。あの革命が起きた翌年、英国は革命軍の鎮圧と称して埃及に出兵、今に至るまで埃及を軍事的占領下においている。体《てい》のいい植民地化だ。埃及の民衆はそれは惨《みじ》めなもの。食べる物はおろか、着る物すら、彼らの拠《よ》り所であるターバンまで質に入れる有様だ。子どもは餓死し、大人も労役で疲れ果てて死んでゆく。当時ケンブリッジ大学に留学していた末松謙澄《けんちょう》が、英国のやり口に憤慨して彼《か》の地で大演説をぶったらしい。

——末松はそんな気骨のある男だったのか。伊藤《いとう》の女婿《じょせい》となった話しか知らなかったから……。

酒も入ってだいぶくつろいだ口調になった木下がそう呟《つぶや》いた。そして清水氏に、

——そういえばとうとうボーア人への侵略戦争が再開されましたね。埃及の方は近

いだけに大変だったでしょう。

——ええ、英国軍の補給基地のようになってしまって。それも面白くなく。

山田は、独り言のように、

——英国は全世界から非難囂々《ごうごう》浴びてもまだ南阿弗利加への侵略を諦めない。金鉱とダイヤモンドで。もともと、十七世紀中頃、オランダ系のボーア人が阿弗利加南部に入植した。そこへ英国人がやってくるようになり、それを嫌ってボーア人たちは内陸の方へ移動しトランスヴァール共和国とオレンジ自由国をつくった。ところがそこでダイヤモンドや金鉱が発見されると、またもや英国は両国への侵略戦争をしかけたわけだ。誰だったか、英国の現地統治者の一人が「出来ることなら惑星までも併合したい」と言ったとか。

——帝国主義とは飽くことを知らない獰猛《どうもう》な肉食獣のようだ。最後の血の一滴まですすり上げようとする。

私は何だか、胸が重苦しくなってきた。思わず小さく呟いた。

——もし、我が国も……。

清水氏が話を変えようとするように、木下を向き、

——木下さんはご専門は何ですか。

――法学です。

――帰ったらすぐに実務に取りかからねばならないのだな。なのに、なかなか独逸の方の政情が不安定で……。

山田が代わりに答える。清水氏はため息をつくように、

――埃及も不平等条約の改正を訴えて何とか裁判制度を新しくしたのだが、これが結局領事裁判権の存続にしかならなかった。

木下は、杯を飲み干すと、

――今年、何とか日本は悲願の治外法権の撤廃にまでこぎつけた。時間がかかったのは、まず民法の起草が先決ということだったからです。それも先年すったもんだの末、何とか施行された。最初の起草者が仏蘭西《フランス》人で、内容があまりに進歩的、というので、「民法出《イ》デテ忠孝亡《ホロ》ブ」などという論文まで出てくる始末。結局独逸民法等を参考にして日本人が考えたんだ。そもそも、日本の民衆には権利という概念からしてない。外国のコモン・ローをそのまま引き写すわけにはいかなかったのだ。

――権利という概念がない、か。

山田が呟き、私たちは暗澹《あんたん》たる面もちになった。それはいかにも、民度の低さを意味する象徴的な言葉に感じられた。権利意識がなければ、自らを主張しようとするそ

もその基盤も危うくなるわけだ。……しかしそれは、そうなのだろうか。

──うちの下宿では鸚鵡《おうむ》ですら権利を主張する。……僕も実は当初そういう在り方こそ学んで国に持ち帰らねばならないものではないかと思ったものだ。……しかしなあ。

──バクシーシだって、権利なのだ。物乞《ものご》いの権利。金をやるのが嫌ならやらねばいいのだ。それだけのことだ。……しかしなあ。

清水氏も私と同じようにため息をつく。初対面にもかかわらず、私たちはどんどん意気投合していった。

──波斯《ペルシア》の何某《なにがし》が、日本へ行って、物乞いのいないこと、街路の清潔なこと、役人の無闇《むやみ》に物をねだらないことに感銘を受けて帰ってきたとか聞いた。

一同、深く納得する。

──日本には、私利私欲というものを馬鹿《ばか》にし軽んずる風があるのだ。武士は食わねど高楊枝《たかようじ》、というような。

──しかしそれがために日本人は国際社会で押しが弱く、ひいてはそもそもあの不平等条約が結ばれたのも、治外法権ということを認めたのも、身内が余所《よそ》で犯した犯罪なら、相手国はよりいっそう犯罪人を厳格に処すであろう、という、日本人の常識が根底にあったのだ。まさか外国人が日本人を殺《あや》めても大した刑罰も下されないような仕儀になろうとは。

——きゃつらは有色人種はまず人間と思っていない。

清水氏は断言した。私たち三人は一瞬押し黙った。清水氏は続ける。

——アラービー・パシャが言われたことだ。平等という概念は、彼らの身内で必要に迫られて作り上げられたもので、それは異教徒や有色人種までには適用されないものなのだ、と。どんなに美辞麗句を着せられても、結局中身は欲得ということが天下の往来を練り歩いているのだ。もっと世に出て、天下国家に影響を与えて欲しいと望むような高潔な人物は、元々そういうことに不向きに出来ているのだ。だからこそ清浄でいられるのだ。

——では、人の世にはどうしても平安ということはやってこないではないか。

木下が嘆き、山田が、

——そういう仕組みになっているのだ。釦《ボタン》の掛け違え、ということが常に起こっていて、掛け違えたまま進むのが人の世というものなのだろう。世直しというのはいつも釦の掛け違えを直そうとしたものだったのだろう。

——村田さん、あなたは博物館で考古学を専攻されているという話だ。

話題を変えようとしたのか、清水氏は突然此方《こちら》に向き直ってそう言うと、トランクを開け、何やらごそごそ取りだした。それは手のひらに乗るほどの大きさの、黒犬の置物だった。どこかで見たことがある、と思ったら、

――アヌビス神。ミイラ作りの神と言われています。実はバザールで売りつけられた物なんだが、一目見て妙に心惹《ひ》かれたのも事実。どうも盗掘品らしい。しかし真偽のほどは分からない。

ほう、と、しみじみ見入ると、

――どうです、本物ですか。

――よく分からない。下宿には専門家がいるから訊いてみましょう。

――お願いします。

――今夜借りていっていいですか。

――もちろん。

それを見ていた山田がしみじみと、

――やっぱりいろんな神さんがいるのがいいなあ。こう、複雑怪奇に絡《から》み合っているのが。

と、呟いた。

——どうも一神教というのは単純で困る。周りが迷惑する。

チェルケス人に馬車を呼んでもらい、下宿に帰り着いたのはもうだいぶ夜も更《ふ》けてからだったが、家には灯りがついていた。

——遅かったですね。

ディクソン夫人が少し疲れた顔で微笑んで言った。ムハンマドもオットーもディミイトリスも起きていて、皆でサレップ*湯を飲んでいた。珍しいことに鸚鵡が目を閉じていた。

——すみません、埃及《エジプト》から同胞が来ていて、しばらく付き合っていたものですから。

——ああ、そうだったのですか。

皆の緊張が解けたように思った。

——エフェンディが黙って遅くなるのは珍しいので、皆心配していたのだ。

と、ムハンマドが説明した。私は恐縮した。

——それは申し訳ないことをしました。

——夫人などは夜道を捜索に行くと言って、今にも飛び出しそうだったのだ。

と、オットーが笑いながら言った。私はますます恐縮した。ディミィトリスがから

かうように、

——馬を借りてこようかと思案していた。

馬、で清水氏からの頼まれものを思い出した。アヌビス神の包みを取りだし、顚末《てんまつ》を説明して、意見を訊いた。ディミィトリスは、

——埃及の方はよく分からないが。明日になったら、ちょうど専門家に会うので訊いてみよう。

オットーは真贋《しんがん》については何も言わず、

——その客人が会ったという、アラービー・パシャが決起したのと同じ年、一八八一年、ウナスのピラミッドで最古のヒエログリフが発見された。仏蘭西人考古学者によって。それも少しずつ解読されているのだが、オシリス信仰、それもオリオン星座への傾倒が顕著に出ているものらしい。それを読んでいると、太陽神信仰というよりは、むしろ星信仰に近い。

そのとき突然、

——何時だと思っているのだ、静かにしろ。

と、鸚鵡が目を開け、オットーそっくりの声音で怒鳴ったのに皆肝を冷やした。夜中に啼《な》き立ててオットーに怒鳴られるのを、そのまま覚えたらしい。オットーは苦笑

し、私たちは噴き出して、ディクソン夫人の、

——確かにそうね。今日はもうこれで終わりにしましょう。

という言葉で皆二階に上がった。

しかし、寝台に入って暫《しばら》くすると、すさまじい大音響で、まるで家中を巨大な何かの群れが走り回っているかのように、天井と言わず壁と言わず、揺れ始めた。これはたまらない。稲荷の時以来、いやそれ以上だ。もしや、と思い、慌てて階下に下りると、ディクソン夫人、ムハンマドも下りてきていて、

——あの山犬の神がいない。

と騒いでいる。確か、卓子《テーブル》の上に置いたままにしておいたはずだ。

——何て騒ぎだ。

と、オットーとディミィトリスも下りてきた。オットーの手にはアヌビス神が握られていた。

——突然寝台から落ちてきたのだ。何とかしてくれ。めんどうはかなわん。

オットーはそれだけ言って、私に渡すと、また二階へ上がっていった。

——どうやら本物のようだな。

ディミィトリスもにやりとして言うと、二階へ上がってしまった。ムハンマドは、

——稲荷のときは一週間ほどで完全に収まった。大丈夫だろう。

と眠そうな目をこすりながら行ってしまった。私は思わずディクソン夫人を見た。

——唯一《ゆいいつ》絶対の神で、世の中をまとめ上げようと進んできた人間のいる理由が少し分かったでしょう。こんな騒動に毎日巻き込まれていたのでは平安はまず望めません。

そう呟いて寝室へ去っていった。私はどう考えていいか分からぬまま、ただ山犬の神を抱えて途方に暮れていた。

＊サレップ　トルコの山岳部に自生するラン科植物の球根から採る粉。

十四　大市場《カパル・チャルシュ》

木下と清水氏と、三人連れだって大市場へ行く道、行商のアフメット爺《じい》さんと一緒になった。清水氏がついこの間まで埃及にいたと知ると、爺さんはおもむろに甥《おい》が彼の地で死霊《しりょう》に取り憑《つ》かれたという話を始めた。

——甥は埃及でコプト教徒と結婚していた。それからすっかり音沙汰《おとさた》もなかったんじゃがな。船乗りをしている別の甥が、向こうに行ったついでに訪ねてみると、見る影もなく衰えていたという。それをその母親に伝えたもんじゃから、母親は行きつけの霊媒師の所へすっ飛んでいって息子の様子を話した。すると霊媒師は、病は息子がカイロの道端で拾った物のせいじゃと言ったそうだ。そのせいで死霊が取り憑いたんじゃと。母親はそのことを埃及の息子に知らせようと代書屋に走って手紙をあつらえて貰《もら》い、それをまたアレキサンドリアへ行く別の船乗りの所へ持っていって届けて貰うよう頼んだと言うが、さて向こうに着いたのかどうか……。

何やらおどろおどろしい内容であったが、爺さんがのんびりとした間合いを取りながら、ときおり驢馬《ろば》が歩くのに飽いて立ち止まりがちになるのを、頼み込むように急《せ》かしたりしながら話すものだから、こちらもそれは大変だ、という気には到底なれなかった。

——死霊が取り憑く、というのはよくあることなのかな。

——アルメニア人の国では、悪人が死んだときは死骸の首を切ったり背骨を抜いておいたりするそうじゃがね。悪さをせんようにと。

——しかし死んだらもはやその体とは関係がないように思うが。霊というものが存在するとして、体がどんな状態になったところで、それがすでに体を離れた霊の行動に何か支障を来《きた》すわけでもあるまい。

——さあ。何か効力があるからやってるんだろうて。死霊の方でも使い物にならなくなった死体を見てもはやこれまでと覚悟が決めやすいのかも知れん。埃及の死霊の流儀は知らんがね。

——しかし甥御の病気は心配なことであるなあ。その霊媒師はどうしろというのだね。

——アオサギの羽根を一枚、枕《まくら》の下に入れろと。

——ほう。

死霊の世界にもその民族なりの作法があるものと見える。

清水氏から預かった山犬の神が、下宿に来たときの騒動といったらなかった。結局それを二階へ持って行くことを諦めて、階下に安置したのだが、新天地で自らの結界を張ろうとするつもりなのか、夜になると階段下から怪しい光がひたひたと階上まで寄せてきて、それがまるで階上のもろもろを挑発するかの如《ごと》くで、獣が唸り声を発するが如き震えが、辺りに充《み》ち満ちた。何とも言えない緊張感が漂い、不穏なことこの上なかった。眠れない。私は次第に腹が立ってきた。ついに立ち上がり、空中に向かって、

——神とは斯《か》くも争いの好きなものか。ここまで己の領分に拘《こだわ》るものなのか。それでは人と変わらぬではないか。恥ずかしいとは思わぬか。曲がりなりにも人々から敬われ、尊ばれてきた身であろう。そのなれの果てがこの有様か。もっと志高く、品格を持ち、人が自《おの》ずからその足下にひれ伏したくなるような神々《こうごう》しさを漂わせたらどうだ。それが無理というのなら、少なくともその道に努めるべきではないか。もし神々が御自らをして向上心を発さるるなら、その神格、益々《ますます》高まらんこと、必至ではない

か。神同士の争いとは本来そうあるべきものではないのか。

それこそ天地神明に向かってもの申したわけである。途端に辺りが水を打ったように しんとした。気味が悪いほどであった。さすがに何か障《さわ》りでもあるかと一瞬用心したが、とりあえず何も起きなかった。あまりに静かなので、半信半疑、文字通りキツネにつままれたような思いで、その晩は寝に就いた。

翌朝階下に置いていたはずのアヌビス神が消えていた。私は蒼《あお》くなって家中を探索した。が、どうしても見つからない。

——ほとほと困った。あれは預かり物であったのに。どう説明したら良かろう。

すっかり弱ってしまい、食堂でオットーに相談を持ちかけると、

——本当のことを言うしかあるまい。それだけでは君の気が済まないと言うのなら、何か代わりになる物を差し出すのだな。出所の確かな、見目麗《うるわ》しいヴィーナスの像、とか。

そういえば、念持仏《ねんじぶつ》のような小さな女神像が資料館の中庭に転がっていた。しかし、まさか、こっそり持ち出すわけには行くまい。最近政府は、出土品の国外流出に神経を尖《とが》らせている。ややこしいことになって清水氏にまで迷惑をかけたくない。

悩んでいるとムハンマドが横から、

——その日本人はカイロの市場でそれを手に入れたのだろう。スタンブールの大市場がカイロのそれに負けるわけがない。

と、囁《ささや》いた。成程。大市場はここへ来てから珍しさも手伝って一度覗《のぞ》いたきりであった。あまりに混沌《こんとん》としていて判断の持って行きようがない、と這々《ほうほう》の体で逃げ帰ったのだった。

——黒犬の一匹や二匹。

オットーも、

——聞けばアヌビス神はミイラ作りの神というではないか。そんなものを日本に持ち帰っても実用にはなるまい。魔除《まよ》けのメズゥーサの壁掛けなどどうだ。

途中で二階から下りてきたディミィトリスは、

——魔除けなら何といっても目玉だろう。*

——本人に聞いてみるのが一番だ。何だったら君が大市場へ案内したらいい。君府へは着いたばかりなのだろう。

オットーに言われ、それもそうだと清水氏に率直に打ち明けることにした。早速最近懇意にしている四つ辻の借馬屋へ行き、馬を一頭調達して山田の家まで駆けると、ちょうど木下に独逸から招聘《しょうへい》状が届いたといって騒いでいた。

——まったく、時間のかかったことだ。

——しかし、予《あらかじ》め日本で招聘状を受け取ってから出発したのではなかったのか。

と、清水氏は一晩ですっかり朋輩《ほうばい》口調になっている。

——もちろんそうだが、ここで病付いたとき、すっかり弱気になって、恢復の見通しが立った暁に改めて留学の件、お願いすると、一旦《いったん》此方から先方に断っておいたのだよ。そうするうちに向こうも政情が怪しくなって、延び延びになってしまったというわけだ。しかしこれで晴れて出発だ。

嬉しそうにしている木下を見ると、此方も喜ばねばならないと思うが、やはり一抹の寂しさを禁じ得ない。

——で、出発は何時《いつ》になるのだ。

——出来るだけ早く。今週末の船で行けたらと思う。山田が今日手配してきてくれるはずだ。

——今週末と言ったら、もうすぐではないか。

——そうだ。急がねば。

その話にすっかり気を取られて、清水氏に打ち明けねばならぬことを忘れるところであった。慌てて、実は、と昨夜の一件を切り出した。何と言っても預かり物を紛失

したことには変わりない。私はもちろん、現世的責任者として謝った。氏は当初怪訝《けげん》な顔をしていたが、

――君の話は郷里の拝み屋を思い出させるよ。家の年寄りが晩年凝っていた。しかし、それが形而下《けいじか》の問題にまで累《るい》を及ぼすとは。正直言ってあまり愉快ではない。此処《ここ》まで運んできたぐらいだから、僕はあの像にはすでに愛着が湧《わ》いているのだ。だがその大市場には興味がある。

恐縮する。が、率直な男である。それで、出発前に大市場を見学しておきたいという木下と三人連れだってこの道行きとなったわけだ。

アフメット老人は、市場の入り口の向かいに面した長屋の一軒に驢馬を預けた。知り合いの家らしい。双方ほとんど無言で驢馬は路地の奥に引かれていった。

――スミルナと違ってここの市場は車馬が入ることができん。不便なもんじゃ。

スミルナの市場は、国際色豊かな港にあるので、駱駝《らくだ》の隊列まで往来することが出来る。しかしここの市場も通路は結構広く、露天ではない。その天井は高く弧を描き、足下は石畳、全体が巨大な石造りの建造物で、左右に連なる店々は間口の広さこそ若干異なるものの、皆似たような体裁、店員が盛んに表に出て客引きをし、にぎやかな

ことこの上ない。人の往来がありながら屋根がある、というのは不思議な場だ。完全な屋外でもなくまた完全な屋内でもない。

スタンブールには全体どこかいかがわしげな風の吹くようなところがあるが、さてはその風の出どころは此処であったかと思われる。商人の風体から、土耳古人と見受けられる者少なく、古くからここに住み慣《な》らわす希臘《ギリシア》人、猶太《ユダヤ》人、アルメニア人等が幅を利《き》かせて跋扈《ばっこ》している。絨毯屋に貴金属屋、食器屋、楽器屋等々……。大体同じ職種が寄り集まって一郭をなし、欲しい物がある人間が右往左往しなくて良いようになっている。価格の交渉に身を入れる者、掘り出し物と大声で客を呼び止める者、どこの山間《やまあい》の国から出てきたものか、珍妙な格好に見慣れない顔かたちの者が、道のそこかしこを埋め尽くし、何ともしたたかな活気がある。

――これは、何というか。

木下が絶句し、

――埃及のそれともまたこれは一味違う……。

清水氏も珍しげに辺りを見回していた。この大市場の通路も、市街地の道路と同じく、表通り裏通り脇道《わきみち》様のものがあり、我々が求めんとする物はその性質上、当然裏通り脇道辺りに身を潜めて待機しているものと思われた。

——しかしあのアヌビス神の代わりというより。

その怪しげな雰囲気にいささか臆《おく》したか、清水氏は急に口を開いた。

——先ほどその老人の言っておられた霊媒師なるものに、あのアヌビス神の在処《ありか》を訊《き》いてみたらどうだろう。その霊媒師もこの近辺におられるのか。

成程、信憑性《しんぴょう》のほどはどうあれ、それも一興と、私はアフメット老人にそのことを問うた。老人は、重々しく頷《うなず》き、

——その女はちょうどこの通りの先にいる。

アフメット老人が道々語るところによると、その女というのが元々はロマの出で、その能力が評判になったのを聞きつけ、古物商がその二階に呼んだのだそうだ。そういうものに興味がある人間は古物にも目がゆく。恰好《かっこう》の人寄せになるとふんだのだろう。

大通りを曲がり、いきなり石畳が崩れてゆがんだ、細い路地を入って行く。途中で空が見えるが、一瞬でそれを過ぎるとすぐまた薄暗く足下が不確かになる。いくつかの緩やかな曲がり角を過ぎて、老人は一軒のスープ屋の前で立ち止まった。

——わしはこれからその先のザラメ屋へ砂糖を仕入れに行く。霊媒師はこのスープ屋の奥にいるから。

といって、去ろうとする。途端に心細くなる。

――どうも有り難う。

慌《あわ》てて、礼を言うと、軽く首を振りながら行ってしまった。この路地の先にまだどのくらいの建築物があるのだろうか。闇の卸屋なのかも知れぬ。普段ののんびりしたアフメット爺さんが急に奥行きのある人物に見えてきた。老人が去った後、我々三人は顔を見合わせ、

――しかし古物商の二階、と言っていたのはどうなったのだ。

――この奥にもまだ建物があるのだろう。

――まさか。

皆不安そうな顔をして話し合っていると、そこへディミィトリスが通りかかった。

――こんなところで。

私は奇遇に驚き、早速二人の日本人に紹介する。そして改めて、

――こんなところで何をしているのだ。

私は全く驚きを禁じ得ない。大市場の、しかも迷路の外れのこんなところで出会うとは。

――今朝の話で、君がどうも古物商の所へ行くのではないかと予測していたんだが、

やっぱり出会ったな。僕はこの近くに用事があったんだ。もしかしたら会うかも知れないとは漠然と思っていた。

——そうか。

私はこれまでの経緯をかいつまんで話した。ディミィトリスは、

——それなら僕の知ってる家だ、案内するよ。

と、軽く頷きながら、さっさと先に立って歩き始めた。我々は慌てて後に付いて行った。

スープ屋の中では、十二三とおぼしき少年が、空のスープ鍋《なべ》を持って、スープを買いに来ているところだった。仕切り台の奥ではいくつかのスープが大鍋に沸々とたぎっている。強烈な香辛料の匂《にお》いで頭がくらくらする。少年は豆のスープを注文していた。店主は無愛想に空の鍋を受け取る。そのやりとりを横目で見ながら、更にどんどん奥へ入って行くディミィトリスに付いてゆく。ディミィトリスはまるで此処が天下の往来であるかのように通行に何の遠慮も見せない。スープ屋の奥は中庭に通じており、古びたタイルが剝《は》がれた端には、灌木《かんぼく》や草が少しばかり繁《しげ》り、私達には用途の分からない道具が、打ち捨てられたように置かれていた。その奥は更にいくつかの別棟の入り口になっていて、ディミィトリスはやはり何の躊躇《ためら》いもなく、そのうちの一つ

の木製のドアを押した。私達も一瞬顔を見合わせ、誰からともなく頷いて仕方なく入ってゆく。

中は薄暗く、目が慣れるまでに暫《しば》しを要した。白檀《びゃくだん》に似た香が焚《た》かれているとみえ、その匂いが充満している。真っ黒の被《かぶ》り物をした、腰の曲がった老女が奥から出てきて、ディミィトリスと何か言葉を交わした。それから二人とも此方を見て、ディミィトリスは、

――では。首尾をまた聞かしてくれ。

と言ってさっさと出ていってしまった。礼を言う暇《いとま》もなかった。

――二階へどうぞ。

と、低く、くぐもった声で黒衣の婆《ばあ》さんが階段を指した。ということは、ここが古物商だろうか。そのことを問うと、婆さんはゆっくりと頷いたが、どう見ても商いをしている風ではなかった。

――ここらしいが。だが老人は、確か古物商の二階だと言っていたと思うが。

こっそりと後の二人に囁くと、

――そうだ、確かにそう言っていた。

二人も心持ち不安そうな顔で頷いた。

——どうする。

——此処まで来て引き返すわけにはいくまい。

我々が愚図愚図《ぐずぐず》しているのを見て、婆さんが奥から、まだ幼いと言ってもいいような少女を呼んだ。小ざっぱりした前垂れを付けたその少女は、我々の手を引っぱらんばかりに先導した。私たちは不承不承階段を上がった。古い建物らしく、階段が軋《きし》む。少女は手すりに軽く手をかけて、軽やかに駆け上がる。途中踊り場の窓にステンドグラスがあり、鸚鵡の色硝子《ガラス》がはめ込んであった。それが下宿の鸚鵡によく似ていた。中階段はそのまま三階へと続いており、私たちは二階の一番手前の部屋に通された。中は土耳古風の寝椅子《ねいす》と、西洋風の長椅子が、二つずつ壁に沿って置かれていて、長い窓には斜め格子《ごうし》が入っていた。

少女は身振りで私たちに椅子を勧め、ドアを閉めた。私が、

——本当に此処でいいのだろうか。

と、思わず呟くと、木下は、

——君の友人からは信頼出来る印象を受けたが。

——ああ、それは間違いない。しかし……。

そのとき、再び少女がドアを開け、私たちに微笑《ほほえ》み、後ろから来た誰かに頷いてみ

せた。どうやら件《くだん》の霊媒師であるへ霊媒師というからには、やはり正体の分からない被り物でもして、長々と祈禱《きとう》を上げ、御簾《みす》の向こうから何か言うのだろうと考えていたら、現れたのは髪を結い上げた、極めて当世風の洋装をした、しかしそれほど若くはない婦人だった。ロマ、というのは本当だろうか。それにしては肌色が白いような気がするし、彫りもそれほど深いようではない。ただ強い光を放つ瞳《ひとみ》の黒さは、その民族のものかも知れない。

我々はひどく間の抜けた顔をしていたことだろう。婦人は此方を見てにっこりと微笑んだ。

――で、ご用の向きは。

私は慌ててアヌビス神のことを話した。婦人の目が、一瞬面白そうに輝いたが、すぐに真顔に戻り、

――その神ならここに来ていますよ。

と、ベルを鳴らして少女を呼んだ。婦人と少女は何か私たちの分からない言葉で話していたが、少女が一旦去り、次に現れたときはその手にあの、アヌビス神を持っていた。

我々三人は思わず顔を見合わせた。どう考えても話が出来過ぎていた。ディミィト

リスか。まさか。

——今朝、明け方に私の部屋に現れたのです。

我々はもちろん、ああそうですか、などとすぐに納得したわけではなかったが、かといって頷きも反論も出来ずにただ次の言葉を待った。有り体に言うと、呆気《あっけ》にとられていた、というのが適切な表現かも知れない。

——可哀想《かわいそう》にひどく脅《おび》えていて。

婦人はそう言って、我々一人一人の目を順番にゆっくりと見つめた。今思えばそのときに、我々は既に何かの術にかかっていたのかも知れない。

——失礼ながらハーヌム、何に脅えていたと。

私は思いきって訊いた。婦人は、目を閉じ、顔を少し傾ける様にし、

——無理解と蔑《さげす》み。理不尽な仕打ち。それに迫害。

と、呟いた。私はうーんと唸った。確かにそれは、あの家に来てからのあの像の状況ともとれたし、埃及にいたときのそれともとれた。

——しかし、神が脅えるなんてことがあるのでしょうか。

——神、という言葉が混乱を引き起こしているのですね。人とは違った形の存在のありようだと思って下さい。

婦人はどこか一本調子で話した。清水氏が、

――では、その「存在のありよう」は、今、どうしたいと言っているのですか。此処にこのまま留まっていたいのか、私と一緒に日本へ行きたいのか。

婦人はもう一度目を閉じ、まるで利き酒でもする風情《ふぜい》で、

――この像は元々古代埃及の王家に属するものです。墓の玄室に安置してあったのです。それが盗賊に遭い、数千年ぶりで陽の当たるところに出てきた。そのことはまあ、もうよし、と言っています。ただ頭ごなしに怒鳴りつけられるのはいやだ、と。

――頭ごなしに……。

清水氏と木下は不思議そうに呟いた。

――どういうことだろう。

思い当たるところのある私は、赤面した。そして、昨夜、中空に向けて一席ぶった話をした。木下は頷き、

――君は悪くない。少しも、悪くない。

――そうだ、むしろ天晴《あっぱ》れなものだ。

清水氏まで力強く私の肩を叩《たた》いた。婦人は苦笑して、

――それも、あなたが「神」という言葉に踊らされていたからです。神々というも

のは侮《あなど》ったり不敬に扱ってはなりませんが、また買い被って期待し過ぎてもなりません。

この人は本当に霊媒師なのだろうか。何だかオットーに説教されているような気分になってきた。

——このアヌビス神の像はどうやって手に入れられたものなのですか。

霊媒の婦人はそのとき英語で話し、清水氏が応じた。

——私が埃及で。市場の外れの露天で店を構えていた男から買ったのです。

——その男はどんな風体をしていました？

——どんな、と言われても……。ごく普通の、汚れた……。

清水氏は思い出そうと骨を折っている様子だったが、実際、行きずりの人間として応対しているものを、余程の特徴がない限り、思い出すのは難しかろう。

——小柄な、肌の浅黒い、目に力のない男だったのでは。

霊媒師は助け船を出したが、後で考えれば、それは飢餓に苦しむ埃及の民のごく一般的な風貌《ふうぼう》とも言えた。

——そう、そうです。確かにそんな風だった。

清水氏は膝《ひざ》を打たんばかり。

——それはスタンブール出身で、コプト教徒と結婚した男です。このアヌビス神像は、元々その男が拾ったもの。それに憑いていた死霊が彼に祟《たた》って、病に伏していたところをアオサギに助けられ、何とか恢復《かいふく》した。

この話は、先ほどのアフメット爺さんの甥の話とあまりにも符合していた。我々は皆、半信半疑の眼で互いを見交わした。清水氏は、

——それなら、私はその男から、死霊付きの像を買ったことになるのですか。

と、とるべき態度を決めかねているというような、調子の判然としない声で訊いた。

——その死霊はもう、黄泉《よみ》の国に連れられて行きました。アヌビス神自体、その死霊にほとほと嫌気がさしていたので、その成り行きには感謝し、ここへあなたを連れて来るという仕事を引き受けたのです。

——私、を、ですか。

清水氏は言うに及ばず、我々二人も目を丸くする。

——なぜ私を。

——あなたはもうすぐ日本へ帰国なさるのでしょう。あなたに会いたいという人がいるのです。

霊媒師は少女に目配せし、少女は心得顔に立ち去った。

——これはまた。

——奇怪至極。

私達は思わず日本語で鳩首《きゅうしゅ》した。

——何とも俄《にわか》には信じられぬ事態に陥ったものだ。

——こんなことはあり得ぬ。最初から眉唾《まゆつば》ものだった。あの爺さんも大した食わせ者ではないか。

——アフメット爺さんにそんな込み入った芸当が出来ようとは到底思われない。まあ、待て、話を聞こう。

霊媒師の婦人は、眼前で突如始まった異国の会話に若干戸惑ったようだったが、すぐに咳払《せきばら》いをして、

——アヌビスの御神霊が死霊に迷惑していただの、あり得ぬことのように思われるでしょうが、この御神霊が力を持っていた時代は遠く過去のものとなり、今ではそれほどに弱体化してきたということなのです。もはや神と呼べるほどの霊力もないのではと思われますが、そこはさすがに、矜持《きょうじ》を保っておられるだけのものもあり、まあ、落魄《らくはく》の貴公子、というようなところです。どこかの国の王室の内情とよく似ているではありませんか。

この霊媒師はやはり少し妙だ、と私が確信したのはこのときだった。この物言いはまるで……。

——その落魄の貴公子が、なぜまた遠く極東の……。

人の良い木下が言いかけたとき、先ほどの少女がドアを少し開け、婦人に目配せした。婦人は頷くと、私達に向かって、

——霊媒の時間は終わりました。下で古美術品でも見て行って下さい。

とにっこり笑い、退席を促した。

——待って下さい、つまりは清水さんは、このアヌビス神を日本に持って帰れるのですか。

私は慌てて問うた。

——そうでしたね。

婦人は最後にまた、アヌビス神に耳を傾ける素振りをすると、

——貴方《あなた》の下宿で、日本のキツネの神と、気脈が通じ始めたのだそうです。しばらくは、この、スタンブールの下宿に留まりたいと。日本へはまだ行く気にはなれない、行ったら、周囲に自分を思う者が完全にいなくなるので、と。

——そういうことなら、諦《あきら》めましょう。

清水氏が潔《いさぎよ》く言った。

——僕には何が何だか分からない。

木下が頭を抱えるようにして呟《つぶや》いた。

——キツネの神とは、君が以前僕にくれた稲荷《いなり》だよ。

と、説明したつもりが、かえって、混乱させたようで、

——何だって。

と、眉間《みけん》に皺《しわ》を寄せ、まるで今にも泣き出しそうな、情けない顔をした。婦人は、

——では、これで。

とさっさと部屋を出ていってしまった。私達も仕方なく部屋を出て、侃々諤々《かんかんがくがく》階段を下りた。

——アフメット老人と霊媒師が言っていることが全《すべ》て真実なら、そのコプト教徒と結婚した甥に送ったという手紙に、霊媒師がもっといろいろ指示していたのだな、アオサギの羽の他にも。元気になったら露天で店を出し、通りかかった日本人にそのアヌビス神を売るように、などと。

私が出来るだけ話を整理しようと、一つの可能性として話すと、木下は嚙《か》みつかんばかりに反駁《はんばく》した。

――だがその日本人が清水君だと、どうして分かるのだ。

木下というのは、国から素直に母親の用意したお札を持ってきた、その当人の癖に、律儀《りちぎ》に西洋合理主義に固執するところがあり、その辺の折り合いが本人もなかなかつかないでいないと見え、傍《はた》からも苦悩の様子がありありと分かる。育ちと教養が葛藤《かっとう》しているのであろう。

そのとき、下のホールから、女性の声が掛かった。

――あら、エフェンディ。

滅多にないことなので、思わず階段を踏み外しそうになるほど仰天したが、落ち着いてよく見れば、ハムディベー氏の令嬢、シモーヌだった。私の後ろの男二人、息を呑《の》む気配が察せられた。シモーヌは私の連れにも軽く会釈《えしゃく》すると、

――ここの古道具をときどき見に来ているの。よかったら、お連れの方とどうぞ。

説明を求めようとする男二人を制して、手短に、シモーヌの父親のことを説明した。そして、

――ああ言っているがどうする。

――どうするもこうするもあるまい。誘って下さったのだから、行くのが礼儀だろう。

木下の言葉に、清水氏もうんうんと頷く。

ホールの先には先ほどの老女が控えていて、どっしりとした造りのドアを開けて我々を待っていた。中は薄暗く、窓らしきところには緞帳《どんちょう》の覆《おお》いが引かれていた。三方の壁はほとんど本棚で埋められ、古道具はおろか、古美術などどこを探しても見つかりそうもなかった。それともこの本がそうなのだろうか、と考えていると、

——おかけになって。

とシモーヌが奥から声を掛けた。言われたとおり、簡素な木の椅子に腰を下ろすと、左手の本棚の壁が急に動いた、と思ったら、そこから何と先ほどの霊媒師まで出てきたではないか。そこが小さなドアになっているらしかった。

——紹介するわ。こちらはハミエット。さっき、あなた方が会った霊媒師。でももう霊媒の時間は終わったのよね。

——何と。

私は呆気にとられ、先ほどとはうってかわってにこやかに笑っているその「ハミエット」をまじまじと見つめてしまった。

——偽《にせ》であったのか、あなたは。

シモーヌは首を振り、

──偽、というわけではないのよ。彼女には霊媒の力があります。それは私が保証するわ。その話はこれから。

私も友人を紹介しようとしたが、シモーヌはそれを遮り、

──分かっています。実はあなた方に折り入ってお願いがあるのです。

私はあまり愉快ではなかった。

──何もこんな込み入ったことをしなくても、いつでも下宿の方に訪ねて下さればよろしかったのに。ディクソン夫人もいることだし。

ふと思い出し、

──もしかするとディミィトリスもこのことを……。

──ええ。

さすがにシモーヌはすまなさそうに見えたが、私は益々面白くなかった。

──でも、しようがないことですの。最近はどこでもハフィエの目が光っているので……。三年前の「統一進歩団」の事件をご存じでしょう。

「ハフィエ」というのが、皇帝の諜報《ちょうほう》機関だというのは知っていた。「統一進歩団」というのが革命分子の集まりだったということも。何だか胸騒ぎがする。シモーヌに断り、二人に日本語でその説明をする。木下が小声で、

——これは大変な事に巻き込まれるのではないか。面倒はごめんだぞ。

私は、自分でも木下と同様のことを考えていた癖に、こう、口にされると、それもまた聞き苦しい気がした。

——何を、肝っ玉の小さいことを言うのだ。それがアナトリアの荒野を匪賊《ひぞく》とやり合いながら駆け抜けた男の言うことか。

これを聞いた清水氏が目を見開く。

——何と。

木下が嫌そうに、

——その話はあとだ。まあ、村田がそこまで言うのなら、聞くだけ聞いてみよう。

それからシモーヌが、恐るべき彼女らの計画を話し出した。それは以下のようなことだった。

今の政権を転覆させる計画は、実はあちこちで練られていて、彼女達はそれが一番過激でない方法、つまり流す血や涙が一番少なくて済む方向を模索している。それが革命後の土耳古《トルコ》を即座に機能させ、列強に付け入る隙《すき》を与えないための、基本的な条件だからだ。政府高官の中にも、現状を何とかしなければならないと憂《うれ》え心ある人々はいる。秘密裏にそういう人達の理解と協力を得、また今の朝廷内で利権をむさぼることしかやってこなかったダニの如き連中を中枢《ちゅうすう》から一掃する、その活動のためには、国の外にも理解者が必要だ。欧米列強は期待出来ない。彼らは、土耳古に革命が起きることを嫌っている。彼らが自由に解体しようとしている、死に体の土耳古に蘇生《そせい》されては困るからだ。欧米の国々からの援助は当てにならないばかりか、つぶされる危険すらある。幸いにもかつて、ある日本の高官が彼ら、シモーヌ達の活動に理解を示してくれた。いよいよ事態が切迫してきたので、彼に何とか連絡を取りたい、だが今、最早《もはや》全ての通信機関が安全ではない。

――「統一進歩団」が摘発されたのは、郵便からなの。あれから、治外法権だった外国郵便も安心出来なくなったのよ。だから、清水エフェンディ、日本にお帰りになる貴方に是非、お願いしたいのです。

シモーヌは、今までに私の前では見せたことのない、真面目《まじめ》な顔で訴えた。清水氏は、うーんと唸《うな》ったきり、すぐには返答しない。その様子を見て私は、

――しかし解《げ》せないのは、どうして、清水氏に白羽の矢が立ったかということです。

――それは言ったでしょう。ハミエットの霊媒の力です。

シモーヌはまだ真剣な顔をしている。ハミエットも笑ってはいない。

――私が貴方がたに言ったのは、全て本当のことです。私は霊媒もしますが、シモ

ーヌ達の運動に共感している人間の一人でもあります。以前シモーヌから日本人の貴方のことについて訊《たず》ねられました。茶会で会った日本人だけれど、信用出来ると思うがどうだろう、と。私も大丈夫だと思う、と答えました。そのすぐあとに、アフメットの甥の病気の相談が来たのです。すると埃及《エジプト》の同じ町を歩く清水エフェンディの姿が私の精神界に見えました。彼がスタンブールの貴方の所を訪れることも直感しました。甥御の病気は心霊的には私が話したとおりです。それで編み物を編んでゆくように、全体をほんの少しずつ、結びつけたのです。

ハミエットの話は、本来ならとても信じられないものだろうが、何故《なぜ》か私は、そうであったか、と納得する思いだった。私のことを「信用出来る」と評したのが効いたのかもしれない。木下は憮然《ぶぜん》とし、清水氏は未《いま》だ思案の風情だった。私は、

——しかし貴方にそういう力があるのなら、何故、その神霊なりに頼んで革命を成功させようとしないのです？　その方が早いではないですか。

——さっきも階上で言ったでしょう。彼らは私達とは全く違う存在のありようなのです。善悪の規準も何もかも。何かが少しずれて、何かは大きく違う。それでも現世の世界は、そこに生きるもの達が率先して引っぱって行くのが第一なのです。それは多少は、神霊の世界とも調整をしますが。私の役目は文字通りの媒体、そして微妙な

調整役。あるべきことが滞りなく進み行くように。

木下が叫ぶようにして話を中断した。

——もう止《や》めてくれ。耐えられない。だが、貴方の話を聞いているうちに分かったことがある。僕はこういうことから、抜け出たいがためにも西洋を目指しているのだ。理に合った法、明晰《めいせき》な論理性、そういう世界を、僕は目指しているのだ。

シモーヌは木下をじっと見て、

——そういう世界、知らなくもないけど。あまりにも幼稚だわ。分かるとこだけきちんとお片付けしましょう、あとの厖大《ぼうだい》な闇《やみ》はないことにしましょう、という、そういうことよ。

あまりのことに、木下は二の句が継げなかった。気の毒だった。国ではここまで男と言い合う女人はいなかったし、土耳古でも女性の地位は日本と同じ、いや、それ以上に不自由なはずのものだった。私は木下に助勢する必要を感じた。

——ないことに、しようとしている、わけでもないのだ、そのうちきちんとしてゆくつもりなのでしょう。

我ながら取りなすような気弱な口調だった。シモーヌは、

——ええ、その可能性は否定出来ないわ。でも、そのうちって、いつ？　少なくと

も私の生きている限りは「そのうち」なんて来そうもない。だから、私達には、時々、ほんの少し、ハミエットが要るのよ。そのおかげで清水エフェンディにお願いする道も開けた。

――山田はどうなのです。何も清水君じゃなくても、貿易商の山田なら適任ではありませんか。

――彼は皇帝と通じすぎている。

――でも、私達もその山田と親しいのですよ。この二人は彼の家に居候《いそうろう》までしている。

――あら。

シモーヌはにやりと不敵に微笑んだ。

――貴方がたは言わないわ、そうでしょう。

清水氏は空を仰ぎ、木下は息を大きく吸い込んだ。私は、何かがひどく理不尽で不公平なやり方で横行しているときのような、落ち着かない気分だった。

――日本の、高官と言っても一体誰が……。

シモーヌは、私たちの間でも一度噂《うわさ》に上ったことのある、青年期を欧羅巴《ヨーロッパ》のある国で留学生として過ごしたある人物の名を挙げた。それは実に、清水氏と同じく埃及民衆に同情し、ここまで列強に食い物にされている、彼らの心情掬すべき、と慷慨した活眼の士の名前であった。清水氏は彼に敬服している。そのことを、私は夕べ聞かされたばかりであった。こういうことが全て、ハミエットの掌《て》にあって見通されていたことなのだろうか。

予想通り、その名を聞いた清水氏は、驚きのあまり頬を紅潮させ、

——分かった。しかしここで即答は出来ない。暫《しばら》く考えさせてくれ。

と応じた。

ええ、どうかよく考えてみて下さい、とシモーヌは微笑んだ。私達は立ち上がり、では、と出ていこうとした。

——気を付けて。私達は部屋の外までは送りません。ここで。

とシモーヌは一人一人に握手した。私はそのとき、

——しかし貴方という人は……何故ここまで……。

という、ずっと喉《のど》の奥に引っかかっていた問いを思わず口にした。

——私は土耳古人であること。ハミエットはロマであること。二人とも女性であること。そういうことが私達のやりたいこと、やるべきこと、やれそうなこと、を、どんどん決定してゆく。

と、シモーヌは少し疲れたように微笑んだ。

建物を出、中庭を通ってスープ屋の中を通り、小路に出ても、私達はまだ重苦しい気分で口を開けずにいた。市場の外へ出て、初めて皆で大きなため息をついた。

＊目玉　ナザール・ボンジュー。邪視から守る幸福の目玉。

十五　まつろわぬ足の指

——ハミエットのことを言わなかったのは悪かった。シモーヌ達が君を引き入れようとしていたのも知っていたが、君に申し訳ないことになるのではないかという懸念《けねん》と、やはりそれしかないだろうかという問いが交錯して、僕自身判断が下されないでいた。ハミエットの不思議な能力についても同じで、半信半疑だった。けれど彼女が言っていた通り、君が友人から預かったと言ってアヌビス神を持ってきたときはさすがに内心驚いたよ。だが、市場で君と会ったのは全く偶然なんだ。行くだろうとは思っていたが、時間も分からなかったし、市場と言っても広いからね。まさか君たちがアフメット爺《じい》さんと会うなんて。ハミエットの手繰った糸はずいぶん絡《から》んでいたのだなあ。

ディミィトリスは食堂で私に会うと、いたずらが見つかった少年のような顔で、私が口を開くより前に滔々《とうとう》と自白を始めた。そして改めて、というように、

——いや、知らぬふりをしていて悪かった。

私は実はもう、あまり拘《こだわ》っていなかったのだが、それも単純に過ぎるような気がして、故意に憮然とした表情を作りながら、オットーもこのことを知っているのか訊いた。

——いや。オットーは独逸人《ドイツ》だから。また、オットーに言っても分からないだろうよ。特にハミエットのことなどは。彼は自分の理解の範疇《はんちゅう》から外れるものは、否定も肯定もせず、ただ目の前をムシが這《は》っていくのを見るように見るだけだ。興味がないのだ。

そのオットーは、隣の居間で、テラスに出された鸚鵡《おうむ》の正面の長椅子に横になり、裸足《はだし》になってしきりに足指を動かしていた。

——何をしているのだろう。

私は誰にともなくそう呟いて居間に移動した。政治向きのことをディミィトリスと話すのに、私は実は臆していたのだった。

——足が、どうかしたのか。

オットーは難しい顔をして唸り声を発していた。

——ラマルク一派のために起死回生の実験を始めたのだ。

オットーは最近、ダーウィンとラマルクの進化説の間で激しく揺れていた。今は環境の影響による変化、獲得形質が遺伝する、というラマルク説に肩入れをしている。そちらの旗色が悪いからだと思う。

——この指が随意に動くようになったとするだろう、そして俺の子どもにもそれを教え込む。俺の子どもも、その子どもに。それをずっと続けていって、だんだんより少ない努力で指が動かせるようになってゆき、何世代目かには生まれつき自由にそれが動かせる子どもが生まれたとする。これは立派な獲得形質の遺伝の実証といえるだろう。

——ははあ、成程。

随分と壮大な実験である。

——村田は、まさにその実験開始の現場に立ち会う光栄に浴しているというわけだ。国に帰ったら、このことをどこかに発表しとくといい。子孫が誇れるぞ。

——そうしよう。

——その、「子孫が誇れる」という発想。

いつのまにか、出窓の下の石のベンチに座ったディミィトリスが、ぶつぶつと呟いたが、オットーは意に介さなかった。

――しかし、面白いのは、ダーウィンの言うように人間がサルから進化したとして、サルの時にもっていた「足指を自由に動かせる」能力も、彼による「進化の過程で淘《とう》汰《た》された」能力とすると、退化していたそれを再び復活させることは、ラマルクによる「幾世代かの努力の果てに得られた」進化と同じものだろうか、ということだ。つまり、過去に捨て去った能力と、新しく身につけた能力が同じものの場合……。

――進化ではないよ。

ディミィトリスが物憂《ものう》げに言った。

――オットー、君のそれは「環境の必要による」努力ではないもの。

そう言うと俯《うつぶ》せに長々と横になり、

――ああ、もう、僕は、自分のやってることが、全て全て、無駄のような気がしてきた。

と呻《うめ》いた。その悲嘆の調子に呼応してか、鸚鵡が、

――失敗だ。

と一声叫んだ。ムハンマドが奥からやってきて、ディミィトリスに向かい、

――肉を寝かすのだ。そこをどいてくれ。

と、容赦なく追い立てた。踏んだり蹴《け》ったりの哀れなディミィトリスは頭を振り振

り、二階へ上がっていった。オットーは相変わらず、足指と格闘している。

人の長い歴史の中で、何時《いつ》しか忘れ去られたものを、復活させようとする試みは、それでは一体、進化か、退化か。いやいやそういう二者択一の姿勢が、そもそも西洋合理精神の見かけで我らを惑わす罠《わな》なのかも知れぬ。一神教への流れが、ディクソン夫人の言うように進化の過程の一つであったなどとは到底思えない。この歴史の流れが、何かを目指しているなどとは、私にはどうしても考えられない。

十六　博物館

清水氏はシモーヌ達の願いを結局受け入れ、日本へ帰国した。冬晴れの、風の強い日であった。それからその後の首尾を知らせる手紙を待ったが一向に音沙汰《おとさた》なく、代わりのように国元の恩師から手紙が来た。大学で西域文化研究所なるものが新設されることになった、遠からず史学科の方にも考古学講座が開設されるのではないかというこちらの方はまだはっきりとした目処《めど》は立っていないようであったが――意気揚々たる文面であった。ついては急ぎ帰国してこの研究所の主力職員として職務に励むべし、とのこと。私は史学科在籍の講師の身分でこちらにきたので、上司の命令には逆らえない。嫌も応もなく、すぐさま山田に連絡して次の日本行きの船の手配を頼んだ。

帰国の日が近づいている。

最初、そのことを下宿の人々に知らせたとき、案の定彼らは異口同音、早すぎると言った。

――村田、貴方はもうここでの学問を全て修めたとお思いですか？ それは大変傲《ごう》慢《まん》な考えですよ。

ディクソン夫人は、けれど自分でも詮《せん》ないことを言っていると分かっているらしく、その言葉にはいつもの迫力がなかった。オットーは、ペルガモンから移送した出土品に付き添って伯林《ベルリン》にいたが、

――せっかくおまえをペルガモンへ連れていこうと思っていたのに。

と、同僚を通じて嘆いてきた。

ディミィトリスは、

――何のための馬の訓練だったのだ。辺境の地へ、行くのではなかったのか。

それは私とてやり残したことはいっぱいある。次から次へと出土品の運び込まれる今の資料館での研究は、何にも替え難い刺激に満ちている。しかしいつまでもこうしていられるわけではない、ということは常に感じていた。

下宿代等含む留学費はほぼ土耳古政府から出ているが、日本の大学でも私は留学扱いになっている。その俸給の三分の一は老いた両親の所へ送られ、彼らの生活費の足しになっている。それだけでも私は大学に恩義がある。土耳古政府としては当初四年

の見当だったのだが、それは四年までは滞在の費用を保証するということで、何としてでも四年は留まらねば契約違反ということではない。大学の方も、本部の方で緊急を要する事情が出来たらいつでも呼び戻すつもりだっただろう。そういう「留学許可」だったのだ。そして今、早急に私の存在が必要になったわけだ。欧米に負けぬ考古学の基礎を固めるためには、確かに今が機運のときなのかも知れぬ。美術史的考古学の分野は、日本ではこの研究所をもって嚆矢《こうし》となるだろう。帰国して己の知り得た知識をまとめ上げ、伝えることが私に課せられた責務なのだ。

博物館へ行き、ハムディベー氏に面会したい旨《むね》、秘書に伝える。

——私の帰国が早まったのです。

そう言い添えると、土耳古帽を被り口髭《くちひげ》を蓄えた秘書官は、直ちに潤《うる》んだ目で私を見た。何か言いたそうにしたが、分かりました、と引っ込んで暫くすると、ハムディベー氏自ら出てきて、手を差し伸べながら、

——また急な話ですね。

と、部屋へ案内した。部屋の中央に置かれた椅子に座りながら、

——ここで貴方の望む研究が十分に成されたのならいいのですが。

私も勧められた椅子に座り、

――十分、と思えるときは多分、一生来ないでしょう。しかしここで学べたことは私の一生の宝になるでしょう。

と、応《こた》えた。ハムディベー氏は頷《うなず》き、やがて珈琲《コーヒー》が運ばれてきた。卓子《テーブル》の上にその小道具が並べ置かれ、係りの者が去ると、氏は徐《おもむろ》に私に顔を近づけ、小声で、

――ダマト・マフムート・パシャをご存じでしょう。

と訊《き》いてきた。私は頷いた。確か現皇帝の妹婿《いもうとむこ》で、皇族の血を引く人物である。こちらにきて、右も左も分からぬ頃、宮廷の歓迎の宴で会ったことがあった。私が宮廷に出向いたのは結局それが最初で最後であったのだが、随分リベラルな考えの持ち主だということを後で聞いたことがある。そのときは、高位の人物であるのに、偉ぶったところのない、人を温かく包むような人柄だと、感服したものだ。

――以前に一度だけお会いしたことがありますが。

ハムディベー氏は、私の目をじっと見つめ、

――欧羅巴へ脱出されたのです。まだ公《おおやけ》にはなっておらぬが、私の娘、シモーヌの手引きではないかと案じているのです。

――なんと。シモーヌは今どこに。

――どうも、巴里《パリ》らしい。置き手紙がありました。彼女の生まれ育ったところで、知り合いも沢山います。あの子には幼い頃から欧米風に家庭教師をつかせ、自分の考えを持つ女性になって貰《もら》いたいと教育してきたつもりだったが、全く、それがこういうことになろうとは。

ハムディベー氏は額の汗を拭《ふ》いた。

――このことは皇帝のお耳に？

――恐らく。

ハムディベー氏は低い声で言った。それから眼光鋭く、

――何か、シモーヌからお聞きになっていませんか。

清水君がシモーヌからの「密書」を携えて日本へ帰国したことを、今ここで告げるべきかどうか逡巡《しゅんじゅん》した。何と言っても父君なのだから、明かしても差し支えあるまい、という気持ちと、いやいや父娘《おやこ》と雖《いえど》も任務には情は挟まぬおつもりなのかも知れぬ、という気持ちが交錯して、結局私は目を白黒させて口ごもる、という有様だった。ハムディベー氏は私の様子をじっと見ておられたが、やがて、

――いいでしょう。ところでお宅にはディミィトリスがいますね。彼は今下宿にいますか。――それとも、サロニカ、かな。

ディミィトリスとは今朝も会った。このことなら堂々と断言できる。私は勢いよく、

——下宿にいますよ。出がけに会いましたが。

氏は頷くと上体を起こし、にっこりと微笑んだ。

——日本人に貴方という知己を得たことは私達の誇りとするところです。幸い、山田商会も軌道に乗っているようだし、帰国されても、これからは以前より頻々《ひんぴん》に連絡が取り合えるでしょう。

——願ってもないことです。

私達は欧米風に握手し、部屋を辞した。

私はそれから完成間近の博物館を覗《のぞ》いた。この博物館中最も重要な所蔵品となるであろう、石棺群を、もう一度見ておきたいと思ったからだ。

ひんやりとした大理石の石棺は、ほぼ完璧《かんぺき》な状態で一八八七年、ハムディベー氏によりサイーダから発掘された。当時は誰もが興奮し、まだ少女だったシモーヌも、綱を引く人足に加わって、発掘の手伝いをしたと聞いた。博物館の皆は、石棺群の中でも一番新しく、見事なそれを、アレキサンダー大王の石棺と呼んでいるが、下宿のオットーは怪しいものだ、と信用していない。

アレキサンダー大王のものであろうがなかろうが、この石棺の主が大王であったの

には違いないであろう。それほど見事な浮き彫りが、全面に亘《わた》って施されている。中でも、石棺の長い側面の一方にある希臘《ギリシア》軍と波斯《ペルシア》軍の闘いの様子には思わず目を奪われる。

希臘兵、とされる方は短胴着かマント、波斯兵は筒袖《つつそで》の衣を着ている。追い詰められ、必死で防戦する波斯兵。猛々《たけだけ》しく槍《やり》を、また刀を振るう希臘兵。足下には波斯兵の無惨《むざん》な死体が累々《るいるい》としている。相手の命を取らねばこちらの命が取られる、もうこのぎりぎりの場では他の選択肢がない。そういう状況を描きながら、大理石のひんやりとした、しかし同時に磨き込まれて柔らかい熱を感じさせるような不思議な質感と、兵士達の遠くを見据えているような生々しさの抜けた表情から、この上もない静謐感《せいひつかん》が伝わってくる。その一瞬で時が止まっているような、静かな、永遠が滲《にじ》んでいる。

棺の反対側には狩りの場面。相手は獣だが、やはり生き物の命を奪い取ろうとするのだから、全体にみなぎる猛々しさは同質のものであり、それがやはり大理石のもつ不思議な静けさのせいで、人間の持つ性《さが》を諦観《ていかん》でもって捉《とら》えているような気さえする。そういう感慨を抱くのは、やはり私が東洋の人間で、知らず、諸行無常の人生観を身につけてしまっているせいだろうか。

それが部族であろうと国家であろうと、一旦《いったん》対立が生じてしまえば、余程のことがない限り、その勢いは止められず闘いは避けられず、勝者は敗者を蹂躙《じゅうりん》し、消滅させてゆく、そういう歴史で、この館は充満している。消えていった者の声は遺跡から発掘される壺《つぼ》や皿の欠片《かけら》に僅《わず》かに残存し、誰もいないとき資料室の倉庫で耳を傾ければ、ざわざわとした囁《ささや》きで部屋中が震えるように緊張してゆくのを、過去私は何度体験したことだろう。

十七　火の竜

日が暮れて下宿に帰り、ディミィトリスの部屋へ行く。いないかと思ったが、戸を叩くと中から返事があり、部屋の主は書類の整理に没頭しているところだった。

――ハムディベー氏に挨拶《あいさつ》をしてきた。

と声を掛けると、視線は書類に落としたまま、

――残念がっておられただろう。

――少し驚いておられたようだったが、氏の身辺にはもっと大変なことが起こっていた。シモーヌがダマト・マフムート・パシャと共に巴里へ向かったようなのだ。

ディミィトリスの作業する手がとまり、こちらをまじまじと見た。それは、いかにも不意打ちをくらった、という表情だったので、

――知らなかったのか。君はとっくに承知なのかと思っていたが。

――僕はこの運動の、それほど中枢にいるわけではないのだよ。そのシモーヌの件

すら知らなかった。多分、パシャを巴里のアフメット・ルザのところへ連れていったと思うのだ。

そう言いながら、ディミィトリスは寝台の上にまで散らばった書類を、混乱しないように整理しながら隅に寄せ、私の座る場所を作った。私はそこへ腰を下ろしつつ、

――アフメット・ルザ、とは。

と、訊いた。

――元々は土耳古生え抜きのエリート層出身で、ほら、ガラタサライ・リセ、仏蘭西《フランス》の学校教育を真似《まね》て建てられた高校だ、そこを出た後、シモーヌと同じように巴里で教育を受けた。暫く政府機関で働いていたが、十年前、巴里の万国博覧会視察に行ったまま、とうとう戻ってこなかった。そしてそこを拠点にして反政府運動を組織、展開している人物だ。シモーヌとも知り合いだ。だが考え方が、なんというかやはり非常に官僚的でね、この様々な民族の寄り合い所帯みたいな国の、それぞれ立つ瀬があるように、とはなかなか考えられないのだなあ。それで国内の運動家と反りが合わないでいるのだ。

――話を聞いていると、もう、革命は時間の問題のようだね。ちゃんとした頭脳を持った人間なら皆そのことを考えているというようだ。

ディミィトリスはそれには直接応えず、

——この運動も、この国にはどうしても変革が必要、というところまでは皆一致するのだが、その方法やその後の方針について、十人いたら十人が違う意見を持っている。まとまらないのだ。この国は……。皆自分の主張を声高に叫ぶばかりで、全体のために折れよう、多少自説を曲げてでも、今は一つに運動を展開させて行く方が大事、とは考えないのだ。他国の脅威はひしひしと感じながらも、こんなことをやっている場合ではない、と皆を説得するような有徳《うとく》の士が現れないのだ。これが恐らく、君の国との一番大きな違いではないかな。シモーヌ達は日本を手本に、と事あるごとに言うが、大体国民の資質がまるで違うのだ。良い悪いではなくね。僕はそれにはとても懐疑的なんだよ。手本になんかできないよ。今多分巴里で出会っている二人は、その一番大きく対立するグループの長のような二人なのだ。シモーヌ達は、何とか妥協点を見出《みいだ》したい、という思いで今回の挙に出たのだろうが……。

——こんなときにこの国を離れるのは、正直胸中複雑なのだが……。

私は口ごもった。

——君には君の仕事がある。

ディミィトリスは思いやり深い目でじっと私を見た。それから、視線を下に逸《そ》らし、

——忘れないでいてくれたまえ。

と言った。何を、と訊こうとして止《や》めた。忘れないでくれ——何を？　君たちのことを？　この家で過ごした日々を？　スタンブールを、土耳古を？

帰国後、一旦は実家に挨拶に帰るにしても、すぐに大学に戻らねばならない。日本での下宿先を引き払ってきたので、身の寄せ先を決めねばならなかった。あまりに急なので悠長に手紙のやりとりをしている暇はなかった。私は勝手に、友人の綿貫《わたぬき》の家に寄宿することに決めた。綿貫は学生時代からの友人で、今は文士の端くれである。我々の共通の亡《な》き友の家を、丸ごと一軒管理しているという。その亡き友の父上からの依頼だそうだ。家一軒独りで住んでいるのなら、私一人転がり込んでも何とかなるだろう、と当たりを付けた。

船の手配はよし、帰国後の住まいもよし、後は荷造りである。これとても、大した量ではなく、トランク二つで何とかなる。書籍の類《たぐい》は別便で送ることにした。部屋の中を見回していると、下が何やら騒がしい。何事か、と下りて行くと、客が来ているようで、中庭の方にいるディクソン夫人が見えた。夫人はすぐに私に気づき、

——ああ、村田、お客様ですよ。

と、にこやかに声を掛けた。軽羅《けいら》を纏《まと》ったご婦人の一群の動きが一瞬止まる。そして一斉にこちらに背を向け、何か縫い物を取り出した。二人だけがその輪の中から抜け出て、部屋の中に入ってきた。ディクソン夫人は残ったご婦人方と裁縫の会を始めるようだ。ちらりとこちらを見て、微笑《ほほえ》みながら頷いた。入ってきた二人のうち一人が、

——お久しぶりです、村田。セヴィです。こちらはハミエット。ご存じでしょう。

と言った。ハムディベー氏の屋敷で出会ったシモーヌの友人のセヴィだった。そして、ハミエットというのは、あの霊媒師だった。あのときは洋装だったが今はセヴィと同じムスリム女性の衣装を纏っている。さすがに変幻自在である。

——おお、どうしてまた……。

セヴィは、

——もうすぐ帰国なさると聞いたので。

そう言ってから声を潜めて、

——シモーヌのこと、もうご存じでしょう?

私は黙って頷いた。ハミエットは、

——お部屋を拝見させていただけますか。ディクソン夫人から聞いたのですが、エ

フェンディの部屋には不思議なことが起こるとか。ちょうど片付けも終わったところである。それに稲荷などの始末も、どうつけようかと思っていたところだったので、ハミエットに見て貰えるのだったら渡りに船だった。

——いいですよ。二階です、どうぞ……。

と言ってから、

——連れのご婦人達は……。

ハミエットが苦笑しながら、

——セヴィの身内の女性達なのです。彼女が家を出るときは、必ず彼女達も一緒です。でも今日は、ディクソン夫人が引き受けていて下さるので……。

ざっと数えたところで五人はいた。二人を連れて二階に上がると、ハミエットは、

——セヴィはディミィトリスと話をしなければなりません。彼は在室ですか。

と訊いた。そうだ、と答え、彼の部屋の戸を叩《たた》き、セヴィが来ている、と告げたときの彼の素頓狂《すっとんきょう》な顔といったらなかった。

ハミエットは私を促し、そのまま、私の部屋へ入ると、何も言わずすぐに、壁を注視し始めた。私は表に彼らを二人残したのが気がかりだったのだが、ハミエットの真

剣さに心を奪われた。ハミエットは半眼になり、時々首を横に振ったり頷いたりした。話しかけられるような雰囲気ではなかった。

長い時間が経《た》ったように思ったが、それは私がじっと待っていたからで、実際にはそれほどでもなかっただろう。中庭の婦人達の囁く声、笑い交わす声が、時折ここまで聞こえてきた。ハミエットは深く潜水してきた人のように顔を上げ、少し眩《まぶ》し気《げ》にだがしっかりと目を開けた。

——キツネの神は、ここでの生活に大分馴染《なじ》んできたようですが、あなたとお国に帰ることを望んでいます。

私は思わずため息をついた。

——けれど他にもう一体……。何か尖《とが》ったものを持っていませんか。

ハミエットがそう言うので、私は国元から携えてきた小刀を取り出した。

——こういうものでいいのですか。

ハミエットは頷いてそれを受け取ると、漆喰の壁の一点をじっと見ていたが、徐にそれでそこを削り始めた。何事が始まるのかと、ぽかんと見ていると、やがて小さな紅の玉を取り出した。

——ほう。そんなものがそんなところに。

感心して覗き込めば、その親指の先ほどの小さな玉の、黒がかった紅の中の更に黒い部分が揺らいだように見えた。

——今……。

——ええ。

と、ハミエットは落ち着き払って、

——これは小さなサラマンドラ、火の竜です。砂漠の砂の中で何千年も寝ていたもの。ずっとこの中に隠《こも》っていたのですが、キツネの神と交流するようになった。思うところあって、東の果てに、一緒について行きたいという。大丈夫です、場所はとりません。こんなものですから。

そう言って、私の手のひらにその小さな玉を載せた。この女人は苦手だ。異議を唱えられない。最初から勝敗はついていた。私はすっかり諦《あきら》めて、

——分かりました。キツネの神と火の竜を連れて帰ればいいのですね。

ハミエットはにっこり笑った。

——ええ、そうです。有り難う。彼らに代わって礼を言います。

その夜、変な夢を見た。

巨大な牡牛《おうし》と、キツネに山犬、アオサギに牡羊が、透明な炎を纏っているイモリのような小さな火の竜を真ん中にして、横になりくつろいでいた。それを横目で見ながら、私はアレキサンダー大王に向かい、気心が知れるまでの間なのだ、若《も》しくは全く気心が知れぬと諦めるまでの間なのだ、殺戮《さつりく》には及ばぬのだ、亜細亜《アジア》と希臘世界を繋《つな》げたいと思ったのだろうが、もう既に最初から繋がっているのだ、見ろ、と懸命に説いている。

しかし冷たく静かな大理石のアレキサンダーは何も答えない。その背後から、忘れないでいてくれたまえ、というディミィトリスの声が響いた。

十八　日本

帰国の船が日本の港に着くと、私は鉄道で一旦故郷へ戻り、それから大学へ挨拶に行った。洋行の労《ねぎら》い、また学位論文への期待、大学の今の状況など、積もる話を聞かされているうち、そのまま教授宅へ泊まる羽目になり、翌日、夫人の、二、三日ゆっくりしたら、という申し出を丁重に断り、友人、綿貫の下宿に向かった。

綿貫が住まいしている家は私も学生の頃、一度行ったことがあったので、大体の場所は覚えていた。

玄関先で呼んだが誰も出てこなかった。犬が一匹、庭の奥から出てきてこちらをちらりと見、また奥へ引っ込んだ。妙に訳知り顔をした犬だ。戸をそっと開け、もう一度呼ぶ。奥の方から返事があったような気がして中に入る。しんとしている。もう一度呼ぶ。誰かが、

——綿貫は留守だ。

と言いつつ、奥に通じる襖《ふすま》を開けて出てきた。学生時代の友人、高堂《こうどう》であった。そうだ、此処《ここ》は元々高堂の実家だったな、と納得する。高堂は昔通りの顔で、

――もう来る頃だと思っていた。

にやりと笑った。

――おお、懐《なつ》かしいな。

と言いつつ、何かがおかしいと思ったが、あまりに何もかも自然だったので、そのまま上がり込んだ。私は早速、

――帰国が急に決まったのだ。事前に連絡せず悪かったが、下宿が確定するまで暫く泊めて貰えまいか。

高堂は、綿貫が構わぬのなら、と頷いたが、そのときふと、帰国は急に決まり連絡もできずにいたのだ、どうして高堂は、もう来る頃だ、などと思ったのだろう、と疑問が湧《わ》いたが、まあ、そろそろ留学も終《しま》いだろうと思っていたぐらいの意味だったやも知れぬ、と考え直した。

――どうだった、向こうは。

高堂は屈託なく言い、縁側に座った。池の様子も植栽も、見覚えがあった。私は食べ物のこと、気候風土のこと、思いつくまま話したあと、

——やはり一日やそこらでは語り尽くせない。あまりに何もかも違うので。だが、こうしていると、全部夢だったのかとも思われる。

——夢だったのかも知れんぞ。

高堂は足を伸ばした。素足の先から、淡い虹《にじ》のようなものが立った。一瞬目を疑い、よく見ようとしたら、高堂は足を組み直し、

——何か連れてきたんだろう。

と、こちらを見ないで言った。連れてきたのだろう、と言われても私は単身、人はおろか犬だって、と言おうとして、キツネを思い出した。

——そう言えば。

と、トランクを開け、稲荷《いなり》の札と根付けを取り出した。高堂はちらりと目を遣《や》ると、

——それはもとの神社にお帰りねがえ。それから？

それから、と急《せ》かされて、やっと思い出した。サラマンドラだ。私はもう一度トランクを開け、底の方をごそごそと漁《あさ》り、布埃《ぬのぼこり》と一緒に隅に納まっていたサラマンドラの玉を取り出した。

——火の竜、だというんだがね。

高堂に手渡そうとしたが、高堂は一瞬後ずさるようにして、それから手ぬぐいを出

し、手のひらに載せてそれを受けた。随分と慇懃《いんぎん》なことだ、と私はその仕草を奇異に思った。

——赤竜だ。

高堂はかすれた声で呟《つぶや》いた。私はついに呆《あき》れて、

——大仰な。家守みたいなもんだ。

高堂は哀れむようにこちらを見たが、思い返したように、

——よく連れて帰ってくれた。

私は心のどこかで益々《ますます》奇異に思ったが、

——それが面妖《めんよう》な代物《しろもの》なのだ。作り話のように聞こえるだろうが……。

と、しゃべっているうちに急激に眠気に襲われ、目の前の高堂の顔もぼんやりとしかけた。そして何と、よほど疲れていたのか私はそのまま眠ってしまったらしかった。

次に気が付いたのは、帰宅して私を見つけた綿貫の、

——何だ、おまえは。

という大音声《だいおんじょう》であった。思わず飛び起き、

——俺だ、村田だ、土耳古《トルコ》から帰ってきたのだ。

と、慌《あわ》てて弁明すると、綿貫の目玉は飛び出んばかりで、

——なんと、なんと。

——いや実は急の帰国が決まって、まだ下宿も決まらずにいる。暫《しばら》くおまえの所へ居候《いそうろう》させてはくれまいか。高堂にはさっき会って了解は取り付けてある。

綿貫は少し妙な顔をした。

——会ったのか？

ああ、と言おうとして、瞬間鮮やかに全《すべ》て思い出した。何ということだろう、私は何ということを失念していたのだろう、高堂は、とっくに鬼籍《きせき》に入っていたのではないか。ボート部の合宿で、一人で湖に出て遭難したはずだった。

綿貫は私の慌てぶりを、頷きつつ手で制して、

——大丈夫だ。あれはよく来るのだ。害はない。いたって健やかなものだ。何か言っていたか。

——土耳古から持ち帰った火の竜の玉を、えらく有り難がっていたが……。

——ああ、そうか。

綿貫は急に大きな声を上げ、

——そうかおまえが持ってきたのか。

——どういうことだ、さっぱり分からん。

——俺にも実はよく分からんのだ。

綿貫は真実困ったような顔をした。成程、と、そこで分からんなりに分かった気がした。此処に何か非常に繊細な感覚を要する問題があり、それを目の前にしながら綿貫は朝飯を食い、昼飯を食い、夕飯を食って寝ているわけだが、そういう毎日はその分からん何かと家族のようにどんどん親しくなってはいくものの、家族に対してそうであるように、今更改まった理解からは遠いものになっていったのだろう。綿貫はそういう顔をしていた。そして、私はそれに自分と近しい何かを感じた。思えばこいつと自分とのそういう類似は学生時代から漠然と感じていたのであるが、私のそういう気質が結局、私をしてスタンブールのあの奇妙な部屋へ適応なさしめたわけだ。そしてまた、この家だ。

——宿命を感じるよ。

私は神妙に言った。

——何をだ。

——此処に下宿する、さ。

——まだ承知しておらぬ。

——承知するさ。サラマンドラを持ってきたのだもの。

綿貫はため息をつき、飯はまだかと言った。まだだと答えると、またため息をつき、台所へ行って米を研ぎ始めた。後ろでその背を見ている私に、

——おまえは向こうで最先端の考古学の方法論のようなものを身につけてきたかも知れないが、歴史というのは物に籠《こも》る気配や思いの集積なのだよ、結局のところ。

——いや、俺はそのことに異を唱えるつもりなぞ全くないさ。それに高堂のサラマンドラにしたって、頭から否定するつもりは全くない。何かすごい理屈があるのさ、きっと。

綿貫はまたため息をつき、二階へ上がって布団《ふとん》を干しておけ、と言った。

下宿の件はそれで落着したが、肝心の研究所を軌道に乗せるのに、私はまるで、新しい国を作ろうかというほどの力を出さなければならなかった。全てが一からだった。ちょうど英国に留学されていた研究者、真田《さなだ》先生も私に前後して帰国しており、こちらはオックスフォードのセース先生のもとで主にエジプトロジー、埃及《エジプト》考古学を専門に身につけられてきた方であった。私は彼と、東洋学出身の学者達を向こうに回して、すったもんだの毎日を繰り広げることになったのだった。真田先生は、彼の英国での師、セース先生がシュリーマン氏と懇意だったということで、だいぶ面白い話も聞け、

意気投合するところもあったが、東洋学の方は絵に描いたような文献学者ばかりで、全く反りが合わなかった。当時、日本の考古学の現状は、まだそれぞれの地方の郷土史の範囲を出ないものであった。研究所も、西域、と銘打ってはいたが、とにかく啓《けい》蒙《もう》的に日本のこともやらねばならぬというので、古墳の組織的な発掘調査の指導に奔走して数年はあっという間に過ぎた。その数年のうちには、郷里の方で旧藩士の娘との縁談が持ち上がり、断る理由もなかったので結婚した、という私的な出来事も含まれる。結婚に際して、私はとうとうその頃にはすっかり慣れ親しんでいた綿貫の下宿を出、市中の寺の離れに引っ越した。だが、これもいつまでいられるか分からないので、土耳古からの郵便物は引き続き綿貫の所に届くように、届いたら知らせてくれるようには頼んでおいた。

研究所からの刊行物には、英国帰りの真田先生の方針もあり、欧米の理解を得るため、英文の解説や図版目次をつけるようにしていた。私はそれをオットーやディミィトリスにも欠かさず送っていたのだった。それに対して彼らから届く感想や疑問点は、私に新たな発見や指針を与えてくれ、日本考古学を世界史的視野から検証する視点が持てたのは有り難かった。私の仕事をきちんと評価してくれ、君を誇りに思う、という一言を（大抵）付けてくれるのも、しみじみと嬉《うれ》しかった。

しかしある年——帰国後七、八年頃のことか——ディミィトリスからの返事がなかなか届かない年があった。オットーならともかく、それはディミィトリスには今までないことだった。その夏、私は新聞で、土耳古で革命が起きたことを知った。それはほとんど無血革命に近く、形勢不利と見た皇帝があっけなく憲法復活を宣言した、という、新聞による限り土耳古青年党完全勝利と言えるものだった。これは全く、シモーヌが目指していた流れではなかったか。私は一人密《ひそ》かに彼らのために杯を上げた。

それから数ヶ月経った、銀杏《いちょう》の葉が日の光に黄金に輝き始めた頃、久しぶりでディクソン夫人から手紙がきた。それによって私は、当時サロニカで起こった一連の騒動の中で、ディミィトリスが命を落としていたことを知った。詳しいことは分からなかった。夫人によれば、巴里に行ったまま、向こうで活動を続けていたシモーヌから、突然下宿にディミィトリスの死を報告する連絡が入ったのだという。ムハンマドはこれを信じず、ディクソン夫人の許可を得て、サロニカまでディミィトリスを探しに行ったが、十日ほどして憔悴《しょうすい》しきって空《むな》しく帰ってきたらしい。

希臘人のディミィトリスが、青年土耳古人の一人として命を落とすまでの詳細については私は知らない。ディミィトリスをあまり好いていなかったはずのムハンマドが、ディミィトリスのためにそこまで動いた理由も分からない。その知らせを受け取った夜、私は彼のために一人で通夜《つや》をした。そして、経の代わり、彼の好んでいた台詞《せりふ》を繰り返した――繰り返そうとしたが、こみ上げてくるものでついに言葉にならなかった。

――私は人間だ。およそ人間に関わることで私に無縁なことは一つもない……。

それからまた数年が過ぎ、私はまだ学位論文の仕上げに四苦八苦していた。とにかく出来るだけ多く、「註」に文献から何か引き、論拠をとれと忠告してくれる向きもあるのだが、文献が間違えていたらどうするのだ、と、私には空しい作業に思えてやる気が起こらない。本物の青銅器すら、後世、古い銘文を彫り込むことは容易なのだ。論文は遅々として進まなかった。やはり考古学は発掘だと思う。現場に立ち上がる時代の気配に浸ることだ。遺物そのものとの対話だ。私はオットーについてペルガモンへ行かなかったことを悔やんだ。教室の方は専攻学生もとり、まずまずの進み行きだったが、論文が通らないことには、講師から上、昇進も望めない。

この研究所は、大学のすぐ隣にあり、付属研究所のように見られているが、実は外務省の管轄《かんかつ》下にあり、文部省や大学とは直接の関係がない。従ってここでの身分は嘱託研究員という扱いで、部屋と研究の便宜を図ってもらっているのである。私としてはそれで一向に構わないのであるが、真田教授は是非にも文学部考古学講座の助教授にならねばならぬ、そのためには早く論文を、と殆《ほとん》ど命令のように言ってくる。私の不安定な地位を憂慮されてのことでもあるだろうが、ご自分の派閥のことも考えておられるのである。それは明白だった。だが実を言うと、この英国帰りの教授とは最初の方こそウマがあったものの、私の中では次第に齟齬《そご》が起き始めていた。

一つ一つの遺物の実測値をきちんと採り、しみじみとその訴えるところに耳を傾けるように特徴を確認し、私見をまとめてゆく私のやり方と、表面的なことだけで（私から見れば）乱暴に共存関係を括《くく》り上げ、次から次へと奇抜な説を打ち立ててゆく真田教授とのやり方は、どうしても相容《あいい》れないものがあるのだった。要するに、直感の働かせどころが違う、ということなのだろう。

行政的な仕事にも携わらねばならなくなった真田教授は当然の如《ごと》く学内外に敵も多く、彼らにとってみれば私は真田派の兵隊なのだった。実際私は確かに彼に恩義を感じている。だから大抵のことは言われるままに動いた。研究会議では針の筵《むしろ》、挙げ句は講師として指導に行く大学の学生達にまで皮肉な笑いで迎えられたりするのは、きっと、どこかの研究室で私の悪口を聞かせられたに違いないと妄想的になったりする。

かといって、率先して真田派として論陣を張るほど、私自身真田先生の論法を是として受け入れられないのだった。真実真田先生に心酔出来たらどんなにか私の生活はすっきりとしたものになっただろう。おまえは利用され、使われているのだ、と仄《ほの》めかす同僚もいた。しかしこの胸の内を誰に打ち明けるわけにもいかない。

利用されることは別段構わない。使われることを厭《いと》うものでもない。ただ、明らかに間違った使われ方をしていた。それが私を死ぬほど疲れさせた。

私は疲弊し、孤独だった。

そういう毎日を送っていたとき、留学時代の写真を見つけたのだった。それはオットーに連れられて行った、独逸《ドイツ》発掘隊の現場の一つで写した写真であった。羅馬硝子《ローマガラス》の酒杯だ。もう皆が全て調べ尽くしたと思われていた場所から、私はそれを掘り当てたのだった。すでにセピア色を帯びてきた写真の私は、なんと晴れやかで嬉しそうなのだろう。このときの高揚した気持ち、得意満面の、意気高く真《ま》っ直《す》ぐな気分を思い出すと、今も胸が熱くなる。

引き比べて現在の私の、全く何という俗な体たらくであろう。現場を遠く離れて、職場の政治力学と講義と演習、生活と世俗にまみれて私の残りの人生は費えていくのか。スタンブールがどんどん遠ざかって行く。私は焦《あせ》った。出来たらもう一度、何とかして彼《か》の地へ行きたい。オットーもまだペルガモンにいるはずだった。幸いなことに妻子は健康で丈夫に出来ている。しばらくなら機嫌良く待っているだろう。私は今こそ、オットーと遺物を間において、心底語り合いたいと思った。

そう思い詰めている間に、世界情勢はどんどんきな臭くなって行き、やがて、ボスニアの地方都市サラエボで、セルビアの青年がオーストリア皇太子夫妻を暗殺する、という決定的な事件が起こり、国際関係はまた一挙に緊張した。

毎日、漁るように新聞を読み、彼の地からの音信を待ったが一向に知らせがなく、どうしているだろう、と気懸かりであったが、ある日やっと手紙を受け取った。ディクソン夫人からであった。

親愛なるムラタ

なかなか連絡出来ずにごめんなさい。私もセヴィも元気です。シモーヌはまだ巴里だと思いますが、元気でいて欲しいと祈っています。

ムハンマドとオットーは出征しました。二人とも自分から出ていったのよ。ムハンマドは、ある将軍に心酔して、自ら志願して彼のもとへ行ってしまったのです。唯一《ゆいいつ》の慰めは、独逸軍と土耳古軍が友好的、味方と呼び合える関係にあるということです。私はここでは敵国人なので、とっくに帰らなければならないところだったのですが、赤十字の施設に移ってセヴィと活動に参加しています。前線から送られてくる負傷兵の世話や、包帯を作ったり、薬品を詰めたりしているの。セヴィはご主人が亡くなり、遺言により自由の身の上になりました。もうすこし早ければねえ……。

オットーは独逸軍の参謀本部、陸地測量局、という部署に。彼は戦争で遺跡が荒らされるのに耐えきれず、出来るだけ遺跡を戦場から遠ざけたいと必死に考えた末の志願だったのです。結局、野戦測量隊、というところに配属され、本部に嚙《か》みつくようにして彼の小隊だけ、チャナッカレで任務に就いていたところ（ダーダネルス海峡辺りの地理がどんなに重要であるか、と論じたてたのらしいけれど、これは当たっていました。私の母国、英国のチャーチルはまさにそこを狙《ねら》っていたのですから。でもチャナッカレ、よ。トロイのすぐ近くじゃありませんか。オットーの本当の心配がどこにあったか、あまりにも見え透いていますが、ともかくあっという間に戦況は逼迫《ひっぱく》して行きました）、ガリポリに上陸した英仏軍を撃退するため、ムハンマド達の軍もそちらに向かいました。オットーは彼らと接触を持ったようで、土耳古軍の兵士の中に、ムハンマドを見たと最初の手紙で言ってきました。鸚鵡《おうむ》を肩に乗せていたのですぐに分かったのですって。よくもそんな鳥を連れて行くことが許されたことね。私はムハンマドに鳥は置いて行くようにと言ったのですが、自分はこの鸚鵡には責任があると言って連れて行ってしまったのです。そう言えば、あの鸚鵡を拾ってきたのは彼だったわね、覚えていますか？　幸い、直属の上官が鳥好きで、しかもおしゃべりの鸚鵡というのは人の好奇心をかき立てるものなので、そのまま鸚鵡はその隊の人気者になってしまった、これは出発前の休暇で帰ってきたとき、ムハンマドが得意げに話してくれたことです。

ああ、私はこういうことだけ延々と書いていたい。鸚鵡が何と言ったか、とか、オットーが何に笑ったか、ムハンマドがどうして腹を立てたか、そういう日常の、ごくごく些《さ》細《さい》なことだけを。

でも、そういうわけにはいきません。この老いぼれの、頭がまだしっかりしているうちに、貴方《あなた》に伝える義務が私にはあります。

ひどい戦闘でした。最終的には、ムハンマドの将軍、ケマル・パシャは英仏軍を撃退したのですが、ムハンマドの所属していた隊はほとんど全滅でした。オットーは彼らの隊の移動の前日、覚悟して戦場跡にムハンマドを探しに行ったのです。ムハンマドの遺体はすぐに見つかりました――なぜなら……。

あの鸚鵡。貴方も知っているでしょう、あの、日光浴が嫌いだったあの鸚鵡が、オットーが見つけたときは、燦々《さんさん》と日にさらされているムハンマドの遺体の肩に乗ったまま動こうとしなかったのだそうです。そして日光浴にうんざりしたとき――もちろん、他のことでうんざりしたときにもね――よく言っていた台詞、It's enough!、そうオットーに向かって叫んだのですって。戦場でのその場面を思って私は胸が詰まりました。鸚鵡は脱水を起こし、ぐったりしていたそうですが、奇跡的に無傷だったそうです。オットーは黙って鸚鵡を自分の鞄《かばん》に移し、ムハンマドの遺体を自分の隊の遺体安置所まで運びました。ムハンマドに身寄りがないのを知っていたので、独逸の自分の家の墓所に埋めるつもりでいたようです。けれどねえ、それを果たしてムハンマドが喜ぶかしら。確かにムハンマドは奴隷《どれい》の身分だったけれど、れっきとした誇り高いムスリムでした。オットーはそういうところ、まるでデリカシーを欠く人でしたから。それで、オットーからその手紙が着いたとき、私はすぐに、そのアナトリアの大地へムハンマドを埋めてくれるように返事を出したのよ。オットーはそれをやってくれたかしら。私はやってくれたと思いたい。でもそれを確かめる術《すべ》はないの。ムラタ、ムハンマドの死の後、貴方にこれを伝えるのはとてもつらい。胸が張り裂けそうです。

でも言わなければね。
オットーは、あの私のやんちゃな坊やは、その後、明け方の奇襲にあって亡くなりました。

そこまで読んで、私は手紙を置いた。全ての音が私の周りから消えたように思った。数時間経ったのか数十分経ったのか、私は仰向《あおむ》けにひっくり返って動けずにいたが、ようやくのろのろと手を伸ばし、手紙の続きを読んだ。

ムハンマドが前線に駆り出されることは承知していたので、悲しいことには変わりありませんが、どこかでこういうことも覚悟していた気がします。けれど、オットーは測量班で行ったはずなのに、とやりきれません。鸚鵡はオットーの部下が届けてくれました。自分に何かあったとき、と鸚鵡のことを周りに頼んでいたのだそうです。ねえ、私達はあの小憎らしい鸚鵡を、結局、随分愛したわねえ……。鸚鵡と、鸚鵡の周りの私達の笑い声を。
私の母国が、息子のような二人を殺したのかと思うとやりきれません。けれど、弁解のように聞こえるかも知れないけれど、私は二人を殺したのは国ではない、何かもっと、国に名を借りた、もっと別なものだという気がしてなりません。この世には、私達の目には明らかでない、あまりにも多くのものが蠢《うごめ》いていて、良くも悪くも、私達はそういうものと共に生きているということでしょう。

私はセヴィを連れて英国に帰ります。二人を殺した英国、ではなく、懐かしい父祖の地である母国へ。鸚鵡も連れて行こうかと思ったけれど、この鳥は随分寿命が長いとききます。私が亡くなった後のことを考えると、ムラタ、貴方にこの鳥の面倒を見て貰《もら》った方がいいように思うのよ。セヴィが山田商会に問い合わせたら、次の日本行きの船が出るときに、船員に頼んで運んでくれる旨《むね》、了解してくれました。ただ、ムラタ、もう、この鸚鵡はしゃべらないのよ……何も。どうか、この鸚鵡を貴方の懐かしいスタンブールだと思って受け取って下さい。私には他に、貴方に届ける彼らの思い出がないのです……。

慌てて日付を見ると、二ヶ月近く前であった。私はそれから、鸚鵡の餌《えさ》となりそうな種を入手出来る経路を探すのに奔走した。ディクソン夫人が知っているのは綿貫の家の住所だけなので、鸚鵡は真っ直ぐ綿貫の家に到着するはずだ。さもなくんば港から引き取りに来るように連絡が来るだろう。それも綿貫の家のはずだった。私は単身綿貫の家に戻ることにした。ちょうど妻は三人目の子を出産するために、長男、次男を連れて、郷里へ帰っていた。

——鸚鵡のためにだけ、またここへ来るのか。

綿貫は呆れた顔をして言った。こいつはいつまでも相も変わらぬ暮らしをしている。

——細君には何と言ってあるのだ。今、郷里に帰っておられるのだろう。

——妻は全て承知している。家庭に鸚鵡がいることは子どもの情操教育にもいいだろうと言ってある。

果たしてあの鸚鵡と情操教育がどう結びつくのか、甚だ疑問ではあるが、家庭内の受けをよくしておくのに越したことはなかった。鸚鵡は、何としてでも守らねばならぬ。

首尾良く私が綿貫の家に戻って一週間後に、電信が届いた。港に保護を要する貨物が届いている、明日配達するので自宅待機のこと、という内容だった。私は鸚鵡のために新しい籠《かご》と幾種類もの種をふんだんに用意していた。この家の飼い犬、ゴローにも事情は話しておいた。ゴローは老犬と雖《いえど》も綿貫などより余程察しも良く、面倒見もいい奴《やつ》なので、きっと鸚鵡の新天地への適応にも尽力してくれるだろう。万端整った。だが鸚鵡は無事に着くだろうか。船乗りはちゃんと世話をしていてくれただろうか。

その夜、私は何度も寝返りを打った。

翌日の夕方、配達人の声が玄関で私を呼ばわったとき、私はすっかり待ち疲れしていた。だが転げんばかりに玄関へと走り、戸を開け、受取書に判を押した。では、と配達人が布を被《かぶ》せた籠を上がり框《かまち》に置き、帰っていくと、私は恐る恐るその布を取った。

そこには、何か、鄙《ひな》びた工芸品のような物が止まり木に乗っていた――いや、やはりこれがあの鸚鵡なのだ。歳《とし》を取ったのだ。艶《つや》やかな緑色をしていた羽は、まるで全体に埃をまぶしているかのように灰色がかり、生彩を欠き、それで身動き一つしないところは、剝製《はくせい》にされた鳥のようだった。

痛々しさで胸が締め付けられるような思いがした。暫く見つめた後、私はそっと、

――ディスケ・ガウデーレ。

と、囁《ささや》きかけた。ディスケ・ガウデーレ――楽しむことを学べ。このラテン語はこの鸚鵡から教わったものだった。鸚鵡はゆっくりと目を開け、確かに私を見た。瞳《ひとみ》の奥に、かつては私をたじろがせたあの、人を馬鹿《ばか》にしたような光が、わずかに灯《とも》ったように思えた。鸚鵡は身じろぎし、首を私に寄せたかと思うと、突然夢から覚めたように、

――友よ。

と甲高《かんだか》く叫んだ。

狭い玄関の、黴臭《かびくさ》い空気をつんざくように響いたその一言は、今は亡き、国を異にする友人達、懐かしい皆からの呼びかけのようだった。一瞬にしてディクソン夫人の居間が、オットーが熱弁を振るい、ディミィトリスが物憂《ものう》げに遠くを見つめ、ムハンマドが悪態をついていた、あの居間の空気が、私を取り囲んだ。反射的に急いで種を取りに行こうとして、そういう自分をまるでムハンマドのようだと思い、そう思ったら目頭が熱くなり、私は籠を抱いてその場にうずくまった。

……国とは、一体何なのだろう、と思う。

私は彼らに連なる者であり、彼らはまた、私に連なる者達であった。彼らは、全ての主義主張を越え、民族をも越え、なお、遥《はる》かに、かけがえのない友垣《ともがき》であった。思いの集積が物に宿るとすれば、私達の友情もまた、何かに籠り、国境を知らない大地のどこかに、密やかに眠っているのだろうか。そしていつか、目覚めた後の世で、その思い出を語り始めるのであろうか。歴史に残ることもなく、誰も知る者のない、忘れ去られた悲喜こもごもを。

私の　スタンブール
私の　青春の日々
これは私の　芯《しん》なる物語

あとがき――あの頃のこと

この物語を書き始めたのは、もう二十年も昔のことだ。アメリカ同時多発テロ事件以降、アフガニスタン侵攻に始まる、常軌を逸したアメリカ軍の攻撃があまりにひどい有り様で、世界中の深刻な憂《うれ》いを集めていた頃だ。連載のお話をいただいたとき、今自分が書くとしたら、戦争の惨《むご》たらしさ、理不尽さ、さまざまな宗教のもとでも友情は成り立つ、というようなことへ収斂《しゅうれん》していくのだろうな、と漠然と思った。舞台は中東。東西の要《かなめ》、イスタンブール。それは決まっていた。そして書き始めると――当初はもっと、宗教について書くつもりであったが――あっという間に登場人物が動き出していった。もっともそのための、職人的な準備はした。

一番力を注ぎ、心がけたのは、自分のなかに「当時のスタンブール」の空気を呼び込み、執筆中、自身がその光景の内部を生きることだった。そこでは、目をあげればモスクの尖塔《せんとう》が聳《そび》え、下ろせば敷石の隙間《すきま》の汚泥《おでい》が陽の光に当たって鈍い光を反射している。行商人の籠《かご》や荷馬車から落ちた野菜屑《くず》の影が、しみじみと石畳に伸びている。耳は朗々と街を流れるエザンの声、土耳古《トルコ》語、希臘《ギリシア》語、さらに判別もつかぬ小民族の言葉が雑踏のなかを飛び回るのをキャッチする。何よりも香り。場所によっては幾種類もの香辛料や油のベタつく淀《よど》んだ空気の、または清々《すがすが》しい木々の合間を流れる、欧羅巴《ヨーロッパ》の公園と同じ空気の、そしてむせるような香水の、香の、様々な匂《にお》いが鼻孔から皮膚から侵入してくる……。

彼《か》の地も旅行し、百年の昔もあまり変わらないだろうと思われる風物も体験したが、文明開化間もない日本からやってきた書生上がりの青年の目や精神を通して出てくる興奮や感激を、自分のものにしたかった。

そういう二つの目的のため、一世紀ほど前の、中東を旅した人びとの手になる記録、紀行文、随筆は、入手できるだけ入手し、できないものは（年代が年代なのでこの方がはるかに多かったが）国会図書館でコピーした（当時この作品を連載していた雑誌の出版社、角川書店の編集者の方々には大変お骨折りいただいた）。さらに「トルコ」「イスラーム」という語句を含んだ歴史的、地政学的、宗教学的書物も現代のものに至るまで目につく限りは読み込み、そこで生きる人物の思考や立ち居振る舞いなどが血肉として立ち上がってくることを目指した。使う使わないでいえば、使わなかった資料が圧倒的ではあったが、登場人物の放つたった一言の膨大な背景となってくれたし、流れる空気の奥行きとなってくれたと思う（笠間杲雄《かさまあきお》〈『沙漠の国』〉のうつくしい文章に初めて出会ったのも、この一連の怒濤《どとう》のような読書のなかであった）。

そのようなもの（資料や体験）を腐葉土として、キノコが自然にそこから生えてくるように、私はディクソン夫人の下宿が浮かび上がってくるのを待った。そしてそのなかで繰り広げられる会話に耳をすました。その結果、人物が動いてくれれば、そこで展開される日常を、私はただ記録するだけであった。人物はディクソン夫人に劣らず人物たちのファンとなり、最初から決まっていた結末に進むのに非常な抵抗を感じた。「私はこういうこと（たわいもない日常）だけ延々と書いていたい」というディクソン夫人の手紙の言葉は私の本心であった。連載の最後の回は、書きながら涙が止まらなかったのを覚えている。

思えば本書『村田エフェンディ滞土録』が生まれたのは、この小文の最初に書いたとおり、当時綿貫征四郎《わたぬきせいしろう》という駆け出しの作家が主人公の小説、『家守綺譚《いえもりきたん》』（新潮文庫）のモデルとなった家で仕事をしていた私のところへ、角川書店の方々がいらして、新しい小説の依頼を受けたことがきっかけだった。本作の最後で村田が綿貫の家に下宿をするように、この度本書を、新潮文庫にもまた迎えてくださる仕儀となったことに、不思議な感慨を抱いている。

二〇二二年十一月

梨木香歩

西洋古典学者・山下太郎氏に、貴重なご示唆《しさ》をいただきました。
茲《ここ》に謝意を表し、記しおきます。

著者

この作品は二〇〇七年五月、角川文庫から刊行された。

上橋菜穂子著

狐笛のかなた

野間児童文芸賞受賞

不思議な力を持つ少女・小夜と、霊狐・野火。森陰屋敷に閉じ込められた少年・小春丸をめぐり、孤独で健気な二人の愛が燃え上がる。

上橋菜穂子著

精霊の守り人

野間児童文芸新人賞受賞
産経児童出版文化賞受賞

精霊に卵を産み付けられた皇子チャグム。女用心棒バルサは、体を張って皇子を守る。数多くの受賞歴を誇る、痛快で新しい冒険物語。

上橋菜穂子著

闇の守り人

日本児童文学者協会賞・
路傍の石文学賞受賞

25年ぶりに生まれ故郷に戻った女用心棒バルサを、闇の底で迎えたものとは。壮大なスケールで語られる魂の物語。シリーズ第2弾。

上橋菜穂子著

夢の守り人

路傍の石文学賞・
巖谷小波文芸賞受賞

女用心棒バルサは、人鬼と化したタンダの魂を取り戻そうと命を懸ける。そして今明かされる、大呪術師トロガイの秘められた過去。

上橋菜穂子著

虚空の旅人

新王即位の儀に招かれ、隣国を訪れたチャグムたちを待つ陰謀。漂海民や国政を操る女たちが織り成す壮大なドラマ。シリーズ第4弾。

上橋菜穂子著

神の守り人

（上 来訪編・下 帰還編）
小学館児童出版文化賞受賞

バルサが市場で救った美少女は、〈畏ろしき神〉を招く力を持っていた。彼女は〈神の子〉か？　それとも〈災いの子〉なのか？

恩田陸著

六番目の小夜子

ツムラサヨコ。奇妙なゲームが受け継がれる高校に、謎めいた生徒が転校してきた。青春のきらめきを放つ、伝説のモダン・ホラー。

恩田陸著

ライオンハート

17世紀のロンドン、19世紀のシェルブール、20世紀のパナマ、フロリダ……。時空を越えて邂逅する男と女。異色のラブストーリー。

恩田陸著

図書室の海

学校に代々伝わる〈サヨコ〉伝説。女子高生は伝説に関わる秘密の使命を託された――。恩田ワールドの魅力満載。全10話の短篇玉手箱。

恩田陸著

夜のピクニック

吉川英治文学新人賞・本屋大賞受賞

小さな賭けを胸に秘め、貴子は高校生活最後のイベント歩行祭にのぞむ。誰にも言えない秘密を清算するために。永遠普遍の青春小説。

恩田陸著

中庭の出来事

山本周五郎賞受賞

瀟洒なホテルの中庭で、気鋭の脚本家が謎の死を遂げた。容疑は三人の女優に掛かるが。芝居とミステリが見事に融合した著者の新境地。

恩田陸著

歩道橋シネマ

その場所に行けば、大事な記憶に出会えると――。不思議と郷愁に彩られた表題作他、著者の作品世界を隅々まで味わえる全18話。

畠中恵著

しゃばけ

日本ファンタジーノベル大賞優秀賞受賞

大店の若だんな一太郎は、めっぽう体が弱い。なのに猟奇事件に巻き込まれ、仲間の妖怪と解決に乗り出すことに。大江戸人情捕物帖。

畠中恵著

ぬしさまへ

毒饅頭に泣く布団。おまけに手代の仁吉に恋人だって？　病弱若だんな一太郎の周りは妖怪がいっぱい。ついでに難事件もめいっぱい。

畠中恵著

ねこのばば

あの一太郎が、お代わりだって?!　福の神のお陰か、それとも…。病弱若だんなと妖怪たちの「しゃばけ」シリーズ第三弾、全五篇。

畠中恵著

おまけのこ

孤独な妖怪の哀しみ（「こわい」）、滑稽な厚化粧をやめられない娘心（「畳紙」）……。シリーズ第4弾は〝じっくりしみじみ〟全5編。

畠中恵著

うそうそ

え、あの病弱な若だんなが旅に出た!?　だが案の定、行く先々で不思議な災難に巻き込まれてしまい――。大人気シリーズ待望の長編。

畠中恵著

ちんぷんかん

長崎屋の火事で煙を吸った若だんな。気づけばそこは三途の川!?　兄・松之助の縁談や若き日の母の恋など、脇役も大活躍の全五編。

小野不由美著

魔性の子 ―十二国記―

孤立する少年の周りで相次ぐ事故は、何かの前ぶれなのか。更なる惨劇の果てに明かされるものとは――「十二国記」への戦慄の序章。

小野不由美著

月の影 影の海（上・下）―十二国記―

平凡な女子高生の日々は、見知らぬ異界へと連れ去られ一変した。苦難の旅を経て「生」への信念が迸る、シリーズ本編の幕開け。

小野不由美著

風の海 迷宮の岸 ―十二国記―

神獣の麒麟が王を選ぶ十二国。幼い戴国《たいこく》の麒麟は、正しい王を玉座に据えることができるのか――『魔性の子』の謎が解き明かされる！

小野不由美著

東の海神 西の滄海 ―十二国記―

王とは、民に幸福を約束するもの。しかし雁国に謀反が勃発した――この男こそが「王」と信じた麒麟の決断は過ちだったのか!?

小野不由美著

風の万里 黎明の空（上・下）―十二国記―

陽子は、慶国の玉座に就きながら役割を果たせず苦悩する。二人の少女もまた、泣いていた。いま、希望に向かい旅立つのだが――。

小野不由美著

丕《ひ》緒《しょ》の鳥 ―十二国記―

書下ろし2編を含む12年ぶり待望の短編集！希望を信じ、己の役割を全うする覚悟を決めた名も無き男たちの生き様を描く4編を収録。

小川洋子著
薬指の標本
標本室で働くわたしが、彼にプレゼントされた靴はあまりにもぴったりで……。恋愛の痛みと恍惚を透明感漂う文章で描く珠玉の二篇。

小川洋子著
まぶた
15歳のわたしが男の部屋で感じる奇妙な視線の持ち主は？　現実と悪夢の間を揺れ動く不思議なリアリティで、読者の心をつかむ8編。

小川洋子著
博士の愛した数式
本屋大賞・読売文学賞受賞

80分しか記憶が続かない数学者と、家政婦とその息子――第1回本屋大賞に輝く、あまりに切なく暖かい奇跡の物語。待望の文庫化！

小川洋子著
海
「今は失われてしまった何か」への尽きない愛情を表す小川洋子の真髄。静謐で妖しく、ちょっと奇妙な七編。著者インタビュー併録。

小川洋子
河合隼雄著
生きるとは、自分の物語をつくること
『博士の愛した数式』の主人公たちのように、臨床心理学者と作家に「魂のルート」が開かれた。奇跡のように実現した、最後の対話。

小川洋子著
いつも彼らはどこかに
競走馬に帯同する馬、そっと撫でられるブロンズ製の犬。動物も人も、自分の役割を生きている。「彼ら」の温もりが包む8つの物語。

村《むら》田《た》エフェンディ滞《たい》土《と》録《ろく》

新潮文庫　な－37－15

令和五年二月一日発行

著者　梨《なし》木《き》香《か》歩《ほ》

発行者　佐藤隆信

発行所　株式会社新潮社

郵便番号　一六二—八七一一
東京都新宿区矢来町七一
電話　編集部(〇三)三二六六—五四四〇
　　　読者係(〇三)三二六六—五一一一
https://www.shinchosha.co.jp

価格はカバーに表示してあります。

乱丁・落丁本は、ご面倒ですが小社読者係宛ご送付ください。送料小社負担にてお取替えいたします。

印刷・株式会社三秀舎　製本・加藤製本株式会社

ISBN978-4-10-125345-9 C0193